# 6

Code of Law
on Sound Rebellion
in 6 “Reiwa” Eras

Shinkawa Hotate

新川帆立

# 令和その他のレイワにおける健全な反逆に関する架空六法

集英社

目　次

令和その他のレイワにおける
健全な反逆に関する架空六法

# 一．動物裁判

礼和四年「動物福祉法」及び「動物虐待の防止等に関する法律」

訴状
令和《れいわ》四年十二月五日

水戸地方裁判所　御中

原告訴訟代理人　弁護士　近藤金一郎《こんどうきんいちろう》

住所　三〇〇‐一二××　茨城県つくば市×××
原告　山本《やまもと》ココア
食肉目ネコ科ネコ属（イエネコ）
平静《へいせい》二十八年十一月十五日生（推定）

住所　三〇〇‐一二××　茨城県つくば市×××（送達場所）
原告後見人兼保護者　山本君彦《きみひこ》
電話　０２９‐×××‐××××
ＦＡＸ　０２９‐×××‐××××

住所　三〇〇－一二××　茨城県つくば市×××
被告　レオナルド・ダ・ヴィンチ
霊長目ヒト科チンパンジー属（ボノボ）
平静十四年六月六日生

損害賠償請求事件
訴訟物の価額　　金三〇〇〇万円
貼用印紙額　　金一一万円

第一　請求の趣旨
一　被告は原告に対し、金三〇〇〇万円及びこれに対する礼和三年十一月十五日から支払済みまで年三分の割合による金員を支払え
二　訴訟費用は被告の負担とする
との判決を求める。

第二　請求の原因
一　当事者
原告は動画配信サイト「ＭｅＴｕｂｅ」でチャンネル登録者数約五十万人を有するＭｅＴｕｂｅ

r猫である。

被告は動画配信業務の補助のために原告に雇用されていたボノボである。被告は平静三十年から礼和三年にわたり原告の通訳者としてMeTubeチャンネル「黒猫のココアさん」（以下「本件チャンネル」という）に出演し、月給約十五万円を得ていた。

二　被告の不法行為

礼和三年十一月十五日、原告は本件チャンネルにて五歳の誕生日にちなんだライブ動画の配信を行った。被告はライブ配信中に性器を露出させ、原告の臀部《でんぶ》にこすりつけるといった性行動をとった。同月十八日、MeTube運営事務局は、当該性行動をMeTube投稿規約第十四条違反であると認定し、原告に通告した。これにより当該動画は削除されるとともに、本件チャンネルは三カ月にわたり凍結された。

原告は、月平均五〇〇万円の広告収入を得ていたが、本件チャンネル凍結期間中は一切広告収入を得ることができなかった。

また、本件性行動によって原告は多大な精神的苦痛を受け、動画撮影用のカメラを見ただけで逃げ出し、原告保護者宅のクローゼット内に身を隠す等の行動をとるようになった。本件チャンネル凍結解除後さらに三カ月にわたり動画配信を行うことができなかった。この間、原告は広告収入を得ることができなかった。

よって、原告は、被告に対し、不法行為に基づき、金三〇〇〇万円の支払いを求めるとともに、これに対する礼和三年十一月十五日から支払済みまで年三分の割合による金員の支払いを求める。

1

「それで、この訴状が届いた、と。そういうわけですか」

ぼくの質問に対して、目の前の若い女性はうなずいた。

彼女は木村琴美《きむらことみ》と名乗った。大学を卒業して二年目、二十四歳だという。はかなげな美人だった。小ぶりで丸い目は黒目がちでウサギのようだ。目と目があった瞬間、ぼくは視線を外した。あまりに好みで、直視できなかった。

「つい昨日のことです。それで私、慌ててしまって。先生は動物裁判で有名だと聞いたので、ご相談にあがったのです」

心臓が跳ねるかと思った。ぼくが彼女を知る前から、彼女はぼくを知っていた。ぼくを頼ってやってきた。それがどうしようもなく嬉しく、心にしみた。

「有名というほどではありませんが」

謙遜しながらも、胸の内には優越感が広がった。動物の弁護をするなんてアホらしいと馬鹿にする人もいる。というか、未《いま》だにそういう人がほとんどだ。命権擁護が叫ばれて久しいというのに。

全ての動物には生まれながらに命としての権利、命権がある。

もはや人権は時代遅れだ。

人だけを優遇するなんて、種差別も甚だしい。動物にも動物らしく生きる権利が当然あるのだ。守られる権利、能力を伸ばす場を与えられる権利、性質に応じた生育環境を得る権利……人間の子どもと同様の保護を受けてしかるべきだ。

この仕事を気に入っていたし、だからこそ弁護士になって丸五年、動物ばかり弁護してきた。

――というのは建前で、弁護士が増えきったこの時代、ぼくみたいな若造にまで人間絡みの仕事は回ってこない。頭の固いベテラン弁護士が手を出さない新しい分野でこそ、若手がプレゼンスを発揮できる。動物裁判はまさに新分野であり、最前線である。時代の波に乗り遅れたらおしまいだ。きっとぼくはこの波に乗って、のぼりつめてみせる。

何をのぼるのかって？　知らないよ。出世なのか、名声なのか、金なのか。それは分からないけれど。少なくとも今のみじめな境遇から抜け出して、もっと明るい場所に行くのだ。バカにされない場所に、一人前の男として認めてもらえる場所に。

「被告として名指しされたレオナルド・ダ・ヴィンチというのが、彼ですか？」

事務所の応接室の隅に座り込むサルを見た。ピグミーチンパンジーと称することもあるが、一般的には「ボノボ」と呼ばれる動物だ。

「はい。レオナルド、通称レオです」

レオはぼくたちの視線に気づいたらしい。二本脚で近づいてきて、ぼくのすぐ横に立った。背丈は幼稚園児くらいで、座っているぼくより少しだけ目線が低い。

黒い顔の周りにはふさふさと黒い毛が生えている。同じサルといってもゴリラよりはスリムな体型で、どちらかというと名前の通りチンパンジーに近い。チンパンジーより重心が後ろにあるために、こうして二本脚で立って、手にはタブレットを持つことができるという。

レオはタブレットに視線を落とすと、無数に並んだアイコンのうち三つを押した。

『琴美、レオ、助けて』

タブレットから音声が流れた。

つぶらな瞳がじっとぼくを見つめる。

レオの頭髪は左右にきっちり分けられている。出がけにくしを通して、おかっぱ頭に見えるよう整えてきたのだろう。下半身は何もつけていないが、上半身にはフリースジャケットを着ている。鮮やかなオレンジ色がレオの黒い身体《からだ》によく似合っていた。

レオはタブレットをさらに叩いた。

『金、払う、レオ、働く』

ぼくは目を見張った。噂《うわさ》には聞いていたが、実物を見るのは初めてだった。

「私の言葉が分かるのですか？」

ゆっくりとレオに話しかける。レオは愉快そうに口を横に開き、白い歯を見せて笑った。口の隙間から、キィーキィーと鳥のような高い鳴き声が漏れる。両手でタブレットを抱えて応接室の隅に行って飛び跳ね、軽々とバク転を決めた。素早く席に飛び戻って座ると、タブレットを操作した。

『分かる、当たり前』

ふふん、と鼻を鳴らし、レオは胸を張った。人間の数倍の運動能力を持ち、言葉も分かる生き物だ。感心すると同時に、空恐ろしさすら感じる。

「動物学校で学ぶと、言葉が分かるようになるのでしょうか？」

動物にも当然、教育を受ける権利がある。特に哺乳類には能力を伸ばすためのスクールが用意されていた。猫や犬はもちろん、狸《たぬき》や豚も通う。脚力を鍛えたり、他の動物と触れ合って社会性を身につけたり。だが所詮動物のことだ。スクールといっても勉強の類《たぐい》はたいして行わないはずだ。疑問を口にしておいて、あまりに初歩的な質問だと呆《あき》れられたらどうしようかと思った。すぐに言い訳を付け足した。

「いや、すみません。私も色々な動物の弁護をしてきましたが、霊長類は初めてでして」

霊長類を保護するためには広大な敷地と森林を用意する必要がある。霊長類の保護者になるのは難しいはずだ。個体数も多くない。動物裁判で霊長類が出てくることはごく珍しかった。

聞くところによると、琴美には身寄りがなく、つくばの森の端に一人で住んでいる。ちょうど近くに公立言語学研究所があり、複数の霊長類が放し飼いになっているらしい。琴美は研究所と話をつけて森を使わせてもらっているという。その代わり、言語学の研究にレオも協力している。

「レオはボノボの中でも特別賢いようです。こちらの言うことはだいたい分かります。顎の構造的に口では話せないので、タブレットに登録してある単語を使います。たぶん四千語くらいはマスターしていると思います。それがレオの限界というより、タブレット上のアプリが四千語までしかないだけなのですが」

琴美の口調は控えめだが自信に満ちていた。

「レオは今二十歳です。人間の知能でいうと、十五歳くらいと言われています。通常、義務教育を受けてもボノボの知能は人間年齢の八歳から九歳程度までしか伸びないというのが定説ですから、レオは特別かもしれません。レオの知能に関する鑑定書や研究論文もいくつか出ています」

「なるほど、それで、こういう訴状になっているんですね」

「どういうことですか？」

琴美は丸い目をさらに丸くして、水鉄砲をくらったウサギのような表情でぼくを見つめた。琴美に見つめられている部分からじんわりと熱くなるような気がしてくる。けれども顔には出さず、抑えた口調で説明をした。

「通常ですね、被保護動物ではなく、保護者のほうを訴えるんですよ。人間年齢で十二、三歳にならないと責任能力がないと判断されますから、裁判で被告にしにくいのです。レオくんの場合は十分に責任能力ありということで、訴えられてしまったんですね」

「そんな……」

琴美は眉尻を下げ、うつむいた。長い睫毛《まつげ》が揺れ、意を決したように顔を上げた。琴美の目は潤んでいた。

「レオは働きに出ています。でも、警備員とか、軽作業とか……動物労働法の範囲内なので収入はわずかばかりです。こんな請求金額を払えるわけがない。私も働いていますが、しがない事務員なので。三千万円なんて、とても払えないです」

琴美は小刻みに震えていた。肩にかけた薄手のストールが少しずれて、Vネックのニットから白いキャミソールの紐《ひも》が見えた。

ぼくはちょっと心配になった。こういうふうに美人に震えられると、じゃあ俺がと名乗り出て助けてやる男が大勢いるだろう。よからぬ下心を持つ人もいる（というか、そういう男が大半）だろう。琴美には独特の雰囲気があった。何が良いというわけでもないのだが、男の心を奮い立たせる何かがある。美人だけど怖くない。物腰が柔らかくて落ち着いているからだろうか。絶対にこちらを悪く言わないような安心感があった。

『大丈夫、レオ、働く』

レオがタブレットで言った。

『レオ、働く。金、大丈夫。見世物小屋、行く』

琴美の顔が青くなった。

「見世物小屋だなんて……絶対だめよ」

人間の女が金に困って風俗で働くように、動物が大金を稼げるのは見世物小屋くらいだ。訳の分からない獣ならまだしも、レオのように知能の高い動物にとってはとんでもない苦痛だろう。琴美の硬い表情を見ると、レオを見世物小屋に送るくらいなら、自分が風俗で働くとでも言い出しそうだった。

「先生、この裁判、どうにかなりませんか。レオに悪気はなかったのです」

「そうですね、しかし――わ、わ、悪気はないと言っても」

ぼくはしどろもどろになりながら言葉を詰まらせた。

「この、性器を出してこすりつけたというのは事実なんでしょう？」

あえて事務的に訊《き》いた。不自然なくらい早口になっていたかもしれない。

琴美の前で性器といった言葉を出していいものか躊躇《ちゅうちょ》していたのだ。ぼくだって成人しているのだし、恋愛経験もあるし、別にそんなにウブではない。けれども琴美のほうはどうか分からない。不快な思いをさせたくなかった。何を言ってもセクハラになりかねない時代だ。どういう言い方ならセクハラっぽくならないかと迷いながらも切り出した。

琴美は表情一つ変えなかった。

「ボノボは友好の意を示すために性行動をとることがあるのです。例えば、ほら」

琴美はさっと立ち上がり、レオに向かって尻を突き出した。想像以上に肉づきのよさそうな尻の形を見て、ぼくは唾を飲み込んだ。スカートの裾から白くて柔らかそうなふくらはぎがのぞいている。

レオはタブレットを机の上に置くと、琴美の尻に向けて自分の尻を突き出し、尻と尻をトン、とぶつけた。

「ほら、こういうことです」

姿勢を戻した琴美は爽やかな笑顔を浮かべた。

「こういうこと、というのは？」

困惑して尋ねると、レオがタブレットを手に取って言った。

『琴美、レオ、友達』

「友達だよ、平等だよって気持ちを込めて、尻と尻をぶつけるのです。上下をつけるから争いになる。みんな平等だったら争わなくてすむでしょ。ボノボは平和的で争いを好まない優しい生き物なんですよ」

琴美がレオのほうを見ると、レオは白い歯を見せてニイッと笑った。

「レオは、猫のココアちゃんとお友達なんです。完全な意思疎通はできないのですが、ココアちゃんの大まかな感情は分かるようで、ココアちゃんの気持ちを翻訳してくれます。それでココアちゃんのＭｅＴｕｂｅチャンネルにも通訳として出演してきました。あのバースデーライブ配信では、レオのほうの気持ちが高ぶって、つい性行動をとってしまっただけなんです。そうだよね？　レオ」

『はい、レオ、ココア、祝う、だけ』

レオは素早くタブレットを操作した。ココアの誕生日を祝いたかっただけで、それ以上の意味はないのだと、そういうことだろう。

「レオはどういう状況でも、タブレットで話せますか？　たとえば裁判所でも」

「大丈夫だと思います。数百人規模の講演会にゲスト参加したこともありますから」

じっとレオを見つめた。黒い瞳が、ぼくを試すように見つめ返した。

訴状を見た時には負け筋かとも思ったが、ひょっとしたら勝機があるかもしれない。

動物に権利能力はあるし、原告になることはままある。被告になる例は少ないが、理論上はありえる。

だがこれまで、動物への尋問はまず無理だった。動物は話せないからだ。結局、人間が証人として証言することになる。動物が主体といいつつ、人間同士の争いに終始するのだ。

レオの場合は違う。レオ自身に尋問をして証言をとれる。対する相手方の動物は、何も言えまい。裁判は自然、レオに有利に動くだろう。

動物に対する尋問が成功すれば、動物裁判専門の弁護士の中でも頭一つ抜けられる。依頼は殺到することだろう。それになによりーー。

琴美を盗み見た。不安そうに両手を握りしめている。その手をとってやりたくてむずむずした。けれどもそんなことをしたら、気持ち悪いと思われるに違いない。ぼくにも節度はあった。

「厳しい裁判になりますが、全力を尽くしますよ」

精一杯の作り笑顔を琴美に向けた。琴美は顔を上げ、潤んだ目でぼくを見た。

「先生、どうかお願いします。先生だけが頼りなんです」

この日ほど、動物裁判を専門にしてよかったと思ったことはない。ぼくを散々こけにしたベテラン弁護士たちは、ばあさん相手に相続の相談にでも乗っていればいい。

ぼくはその間、若く美しい依頼人のために奔走するのだ。子どものころに読んだ童話を思い出した。薄幸の姫を守るため、騎士は剣をふるう。決戦の日だけ頑張ればいいというものではない。これまで積んできた経験の賜物が結実するのだ。幾多の戦いを（人知れず）くぐり抜けてきた騎士が、いざその真価を世に示すときがきた。否《いや》が応でも、ぼくの胸は奮い立った。


翌日からは早速、ＭｅＴｕｂｅチャンネル「黒猫のココアさん」の動画に目を通した。

レオの働きぶりはいたって真面目だった。ココアと呼ばれた黒猫がミャアと鳴くたびにタブレットを操作して、『嬉しい』『嫌』『眠い』『おやつ』などと音声を発した。

動画のコメント欄には通訳の信頼性に疑問を呈する声も見られたが、回を追うごとにそれも減っている。

レオの翻訳と、その後のココアの動きは見事に連動していたからだ。『眠い』と言った後には、ココアは伸びをして昼寝を始めたし、『おやつ』と言った後には通常のキャットフードは一切食べず、おやつ用のチュールにだけ口をつけた。

よく見ると、レオが登場している回は、他の回に比べて動画再生数が伸びている。ココアが主役の動画だが、レオが登場するようになってからチャンネル登録者数も増えたのではないだろうか。

訴状によると、「黒猫のココアさん」の広告収入は月平均で五百万円だという。それなのに通訳者のレオには月に十五万円しか報酬が払われていない。三日に一回の更新のうち、二回に一回、つまり月に五回、レオは登場している。一回三万円と考えれば適切な報酬額かもしれないが、五百万円稼いだうちの十五万円とすると安すぎるような気もする。

経費を除いた広告収入はすべて、ココアの銀行口座に入金されるはずだ。ココアの稼ぎなのだから当然である。保護者の山本君彦は、ココアの生活に資する範囲で預金を引き出し、使用することができるにすぎない。全国各地で動物の財産を横領する事件が発生していたが、動画を見る限り、君彦はきちんとした若者で、かいがいしくココアの世話をしているようだ。ココアのおかげで良い部屋に住めたり、良い家具を買ったりする程度の贅沢《ぜいたく》はしているかもしれない。だが、量販店で売られていそうな安物の服を着ている感じからすると、大金の横領をしているようには見えなかった。

ふとパソコンを見ると、琴美からメールが来ている。

『性器を露出した際の動画はこちらです。君彦くんから、確認したいからとコピーをもらっていてよかったです』

琴美が自分のパソコンで「性器」などと打ち込む様子を想像して、頰がゆるんだ。それが何というわけでもないが、胸が沸き、下腹部がそわそわするのだ。そんな邪念を抱いていること自体、琴美を汚すようで琴美に失礼な気もする。けれども頭で何を考えても、身体は素直に反応してしまう。

添付されたファイルを見ると、これはもう、言い逃れのしようがない内容だった。レオは細長いペニスを勃起させ、ココアの尻尾の付け根にこすりつけている。ココアはココアで尻を高くつき上げ、レオからもたらされる刺激を楽しんでいるように見える。人間から見て卑猥《ひわい》ということで、チヤンネルが凍結されたのも分かる。

だが琴美の言うように、レオの本能に従って友好の意を示したにすぎないとしたら？

人間側の卑猥かどうかといった判断を動物に押しつけるのはよくない。動物には動物らしく生きる権利があるはずだ。

「種差別反対！ 爬虫《はちゅう》類にも移動の自由を！」

窓の外から拡声器でどなる声がして、顔を上げた。もう昼だ。

駅前ロータリーでは、昼休みになると命権団体が出てきて、何かと騒ぎ始める。

一人きりでやっている小さな法律事務所だが、駅に近い雑居ビルの最上階にあることだけが自慢だ。駅から聞こえる命権団体の声でいつも昼飯時の到来を知ることになる。

「鳥類にも移動の自由を！」

「バスに乗せろー！」

「電車に乗せろー！」

騒音を聞きながら表に出ると、通りは賑《にぎ》わっていた。人間八割、動物二割といった具合だろうか。犬や牛、狸といった動物たちがめいめいの保護者とともに歩いている。かつてはリードにつないだ歩行のみが認められていたが、そんな屈辱的なルール、今は廃止されている。

どこからともなく、鼻をつく異臭が漂ってきた。鼻を押さえながら見渡すと、道の向こうで仔牛が脱糞《だっぷん》している。周囲の通行人は顔をしかめるだけで、何も言わずに立ち去っていく。最近は何か言うとすぐに差別だと騒がれてしまう。自然と皆、見ざる聞かざる言わざるという姿勢へと流れる。

「動物たちに移動の自由を！」

駅に近づくにつれて命権団体の声は一段と大きくなった。

命権と言いつつも、旧動物愛護法——愛護なんて言い方はさすがに人間優位で差別的だから、今は「動物福祉法」と名前を変えている——で保護されていた動物に限って、人間の子どもと同等の権利が認められたにすぎない。公共交通機関の使用が認められているのは、そのうちでも哺乳類だけだ。鳥類や爬虫類の保護者たちが差別的だと感じるのも仕方がない。保守的な国会議員が反対しているためになかなか法改正が進まないのだ。やっぱり意識が古い人たちは根強くいるようだ。

先日も、被保護動物を「ペット」だなんて呼んだテレビのコメンテーターがいた。全く信じられないことだ。すぐにSNSで炎上して、最終的には番組を降板することになった。これはいいことだけど、雨後の筍《たけのこ》のように、意識の遅れた人たちがどんどん出てくる。家内労働動物を「家畜」と呼んだ政治家は、批判を受けて発言を撤回したものの結局辞任はしなかった。

駅前の立ち食い蕎麦《そば》屋にさっと入り、「豆腐蕎麦一つ、大盛りで」と言った。

数分後に出てきた蕎麦には、大きな豆腐が二つ載っていた。豆腐の周辺に、わかめとネギ、ニンジン、かまぼこ、揚げ玉が散らされている。

すすりながら、子どものころを思い出した。あのころはまだ牛肉や鶏肉《とりにく》が手に入った。蕎麦に温玉を載せることだってできた。それがいまや、一部のアレルギー保持者や傷病者、宗教上の理由を有する者以外、肉を食べることは禁止されている。肉を食べるためだけに新興宗教に入信する者もいる。けれどもそういう人は、相当「遅れた」人として、世間からかなり厳しい目で見られている。

肉をかじったときのじゅわっとした肉汁が忘れられない。おかしなことに、魚なら食べていい。けれども魚の肉と哺乳類や鳥類の肉はやっぱりちょっと違う。世界的豆腐メーカーがこぞって大豆を使った代替肉を出しているが、実際に肉を食べていた世代からすると、そんなものは偽物だとすぐに分かる。

まあ、健康にはいいんだけどさ。と、自分に言い聞かせながら蕎麦をすする。国際命権規約委員会が中心となって進めた肉食禁止条約は世界六十三カ国で批准されている。驚いたことに、批准した国から順に、人間の平均寿命が延び始めた。野菜中心の食生活がいかに重要か、ということだ。

午後には、あくびを嚙《か》み殺しながら答弁書を作りはじめる。提出期限までかなり余裕があったが、頭から琴美のことが離れなかった。できることは率先してやってやりたいと思った。窓の外から聞こえる車のエンジン音にリズムをのせながら、軽やかにキーボードをたたいていく。日が高いうちに答弁書は完成した。難しいことは何もない。初回期日に提出するものだから「争う」旨だけ書いておけばよい。

早速、作成した答弁書を琴美に送る。こういった細かいやり取りすら楽しいのだから不思議である。いつも以上に丁寧にメールを書き、メールを送ったあとにフォローの電話をかける。まめまめしく動くのが全く苦痛ではない。普段は依頼人との事務連絡なんて面倒で仕方ないのに。

期日に被告自身が出廷する必要もない。だが琴美は、心配だからレオとともに裁判所に行くと言って譲らない。琴美に会えるなら歓迎だから、それ以上止めはしなかった。

事務所の窓を開けて外を見ると、夕日に照らされた駅前に、一人の老人とオウムの姿が見えた。老人の腕にとまったオウムは「お疲れ、お疲れ」と道行く人に声をかけていた。老人の足元には小さなバケツが置いてある。会社帰りのサラリーマンにそうやって小銭をせびるのだ。

まもなく近くに、命権団体の者が数名現れた。拡声器といくつかの旗を持っている。夕方も彼らの活動時間帯である。命権団体の一人、中年の男が、オウムと老人に近づいていく。

「オウムを働かせすぎるのは虐待ですよ。オウムを働かせて、その金をあなたが使うなんて、やってないでしょうね」

老人はとっさに声が出ないらしい。怯《おび》えたように肩をすぼめて、首を横に振るだけだ。その間もオウムは「お疲れ、お疲れ」と言い続けている。

いつもの光景だ。最近はこういう小競り合いばかり起きている。

何が正解なのか、小競り合いの末に何が残るのか、誰にも分からない。けれどもぼくは、残ったものをきっと拾い上げて、時代の寵児になるのだ。

普段ならうんざりする光景が、なんとはなしにユーモラスに感じて、ぼくは頬をゆるめた。老人と中年男の言い合いを節に見立てて口笛を吹いた。妙にいい気分だった。

2

一カ月後の午前十時、水戸地方裁判所の前で落ち合った。レオはフリース生地でできた紺色のジャケットを着て、同じく紺色のリュックを背負っていた。連れ立って法廷に入り、傍聴席と当事者席を隔てるバーを押してやる。

「こっちが被告席ですよ」

指をさしたほうの席に、レオは二本脚で歩み寄って座った。落ち着いた足取りだったし、座った様子も堂々としていた。

開廷時間が近くなると傍聴席にもちらほらと人や動物の姿が見え始める。今回の裁判は傍聴者が多数にのぼることが予想された。法廷も少し大きいところを使っているし、傍聴者の抽選が行われたはずだ。

人間の民事裁判だと、普通、傍聴者はそう入らない。他人の争いを見てもそんなに面白くないからだ。だが犬や猫が原告になると、動物見たさに傍聴者が集まることがある。特に今回は有名なMeTuber猫、ココアが原告である。ココアを一目見ようと傍聴者が殺到するだろう。

開廷五分前、傍聴席はいっぱいになった。ほとんどが人だが、犬が三匹、子豚が一匹まじっている。静寂の中で、ぶうん、ぶうん、と子豚が鼻を鳴らす音だけが響いた。

開廷時刻ぎりぎりになって、二人の男が入ってきた。一人はスーツ姿の中年男。原告代理人の近藤金一郎だろう。

もう一人はベージュのチノパンに灰色のウールジャケットを着た若い男だ。二十代後半くらいに見える。こっちが山本君彦だ。

動画で見たときよりも背が高くスタイルの良い印象だった。傍聴席の一部で、きゃあっと黄色い声が上がった。二枚目の君彦目当てで傍聴に来た女性たちがいるらしい。原告のココアは出廷しなかった。猫は家を離れたがらないから、出廷することは珍しい。尋問があるわけでもないし、出廷する必要はないのだから当然だ。

開廷時刻ぴったりに裁判官席脇の扉が開いて、三人の裁判官が入って来た。理由もなく全員が起立する。裁判官の一礼に合わせて、皆が頭を下げた。

物々しい雰囲気が漂っていたが、やることはたいしてない。出した書面の通りの主張であることを確認して、次回期日を決めて五分もせずに終わる――かと思われた。

が、今後の立証見込みを訊かれた原告代理人は、起立してこう話し始めた。

「おそらく被告側は、被告への尋問を実施する予定かと思います。動物への尋問は前例のないことですが、被告は非常に知能が高く狡猾《こうかつ》であるため、人間の言語を解し、コミュニケーションをとることができます」

傍聴席がざわついた。訴訟記録に視線を落としていた裁判長はにわかに顔をあげ、ぼくのほうを見た。

「そうなのですか。被告代理人」

「立証方法については検討中です」

立ち上がって素っ気なく答える。裁判は何カ月も続くのだ。今から手の内をさらす必要はない。

原告代理人は忌々しげにこちらをにらんで再び起立した。

「原告側としましては、猫専用翻訳機『にゃんこトーク』を使用して、原告への尋問を実施する予定です」

「『にゃんこトーク』というのは?」

裁判長が怪訝《けげん》そうに尋ねた。

「最新技術を結集して作成されたアプリケーションです。近日中にリリース予定ですが、パイロット版の使用許可を開発者から得ています」

ぼくは言葉を失った。そういったアプリが開発中であることはニュースで見聞きしていた。クラウドファンディングで異例の一億円超を集め開発が始まったのだ。他の動物ならこうはいかなかっただろう。日本に猫好きは多いのだ。

「いや、しかし――」

立ち上がりながら反論内容を考える。

「開発中のアプリケーションの信頼性は確かではありません。原告側が内容をでっち上げているだけかもしれない」

原告代理人は首を振った。

「被告側だって、おそらくタブレット上のアプリケーションを使って尋問を行います。こちらだけ信頼性云々《うんぬん》と言われても困りますね。関係者の証人尋問に加えて、補強的な尋問ですから、是非認めて頂きたい」

原告代理人は裁判長のほうを見た。裁判長は咳払いすると口を開いた。

「原告被告それぞれ、アプリケーションの仕様書や説明資料を提出いただけますか。それらを見たうえで判断します」

ざわめきを残しながら第一回口頭弁論期日は終了した。あっけない終わりに傍聴者たちはやや戸惑っているようだが、裁判所書記官が道具を片付け始めると、しぶしぶといった感じで退廷した。

ぼくたちも外へ出ようとすると、原告保護者の君彦がそそくさと近づいてきた。

「琴美ちゃん。あの……」

琴美は顔を伏せ、ぼくの後ろに隠れるように動いた。そのまま足早に法廷を出て行く。残されたレオがすかさずタブレットを操作した。

『残念、フラれた、男』

レオは歯を見せて笑い、キィーキィーッと甲高い声を上げた。レオはどうやら、気分が良いときにこの笑い方をするらしい。

君彦は口をゆがめた。憎たらしいというよりは、傷つけられて悲しい、といった表情だ。

優男の苦悩する顔を見られて、ぼくは内心嬉しかった。

君彦は何も言わず、ぼくたちに一礼をすると法廷から出て行った。その背中を見送りながら、ぼくの中には一つの疑念が浮かび上がった。あの優男の言動と表情。琴美の反応、レオの対応……。

駐車場へと歩く道すがら、琴美に追いついた。後ろから話しかける。

「琴美さん、もしかして、君彦さんとお付き合いしていたのでは？」

琴美は振り返った。困ったように眉を下げ、大人しくうなずいた。

「一時期お付き合いしていました。でももう別れたのです。彼は復縁を願っているようですが、私は断り続けています」

3

何てことだろう。本当に腹が立つ。

公判期日は第三回までを終えていた。琴美との打合せも重ねている。時間が経ってもむかっ腹は収まらず、むしろ琴美と会うごとに苛立《いらだ》ちは増すのだった。

事務所が入っている雑居ビルの屋上で缶コーヒーを飲みながら、腹のムカつきを抑えられずにいた。

女はバカだ。ことごとくバカだ。

いや、そんなことはない。分かっている。不甲斐ないのは自分のほうだと分かっている。このイラつきも腹立たしさも本来自分に向けるべきなのだ。

けれども、女はバカだと思わないと、やってられないときがある。困っても泣きつけば誰かが助けてくれると信じて疑わないお気楽な女たち。汚れ仕事は誰かにやらせておいて、自分たちはアイドルだの俳優だのを追いかける。

君彦みたいな優男に女を取られるせいで、ぼくのところに回ってこないのだ。思い返すと、裁判の傍聴に来ていた女性たちすら腹立たしい。君彦なんて、ＭｅＴｕｂｅｒ猫の世話をしているにすぎない。ココアのマネージャーとしてココアの収益から給与を得ている可能性もあるが、つまり猫のヒモである。顔が良いってだけで猫のヒモがちやほやされて、真面目に弁護士をしているぼくは見向きもされないというのは、いかにもおかしいことに思えた。

それもこれも、ぼくの仕事が軌道にのっていないからだ。動物裁判の第一人者として大々的に取り立てられ、フォーブスだかプレジデントだかの表紙を飾るようになれば女の子に困ることもないはずだ。

十階建てのビルのわりに、柵は五十センチ程度と低い。そのすぐ脇に胡坐《あぐら》をかいてなんとはなしに下を見下ろす。

地上では相変わらず、命権団体が騒いでいる。怒鳴り声が耳をついた。

「動物にも自由を！　全ての命は平等です！」

何が自由だ。何が平等だ。

君彦と琴美はあんなことやこんなことをしていたわけだ。琴美の柔らかそうな尻や胸を、君彦は好きに触れ、揉《も》んでいたのだろう。琴美は琴美でそれを受け入れていたはずだ。それを少しでも想像すると、胸の奥をかきむしりたい気分になった。あーっと叫んで走り出したくなる。だからすぐに考えるのをやめた。君彦と琴美はプラトニックな関係だったかもしれないし、余計な想像は琴美に失礼だ。

現に琴美は困っている。誰かが助けなくてはいけない。他の男が助けるくらいなら、ぼくが助けたい。他の男だときっとよからぬことを考える。ぼくなら大丈夫だ。ぼくは誠実だし、いざとなったら責任をとる覚悟はあるし、琴美を悲しませるようなことはしない。つまり他の男には任せられないけど、ぼくなら大丈夫だ。

何はともあれ、裁判を勝ち抜かなければならない。

琴美によると、問題の動画が撮影される一カ月ほど前から君彦と別れ話をしていたという。きっかけは些細《ささい》なことだった。君彦はココアにこっそり鳥の肉を与えていたというのだ。動物が野生の動物を食すことまでは禁止されていない。狩りも動物の本能で、動物が動物らしく生きるために必要だからだ。ココアは元々野良猫で、鳥の肉は大好物らしい。

「俺はあげてない、ココアがいつの間にか食べてたんだ、と彼は言いますけど。きっと嘘です。ココアちゃん、昔は野良猫でしたが、今はまるまる太った家猫です。狩りなんて出来っこないし、外に出してもいないはずよ。彼があげなきゃ、誰があげるんですか」

琴美は口を尖《とが》らせた。わずかに盛り上がった頰肉すら愛らしい。薄いが柔らかそうな唇もそそるものがあった。

それはともかく、琴美はどうしても君彦が許せず、別れ話に発展したという。別れた後に顔を合わせるのは気まずいものだ。ココアのバースデーライブ動画配信を最後に、レオのＭｅＴｕｂｅ出演は取りやめることになっていた。その出演最終回で起きたのがあの事件だ。

君彦は当初困惑しているだけで、琴美に対して怒りはしなかった。ただ再三にわたる復縁話に対し首を縦に振らない琴美には苛立っていたという。そしてついに、訴訟が提起された。完全な逆恨み提訴だ。

このあたりの事情は、琴美と君彦の証人尋問で既に明らかにしていた。裁判官の心証もこちらに有利に動いているように思われた。

「先生、こちらにいらしたんですか。そろそろお時間ですよ」

背中から声がして振り返ると、ワンピース姿の琴美が立っていた。その脇には、いつもの通りフリース生地のジャケットを着たレオがタブレットを持って立っている。

この日は原告、被告の尋問が予定されていた。正念場である。

法廷に着いたときには、傍聴席は傍聴者でいっぱいだった。いつもの通り犬は数匹いるが、何を思ったか、シカを連れてきている人がいて、その大きな角に周囲の人が困惑していた。こそこそと相談しあって、一番前の端の席を融通してやる。シカはのっそりと移動した。迷惑だなんて思ってはいけない。多様性の時代である。様々な形の生き物がいて、どの生き物も平等だ。

裁判官たちが入廷した。皆が起立し一礼、ついに開廷だ。

「それでは本日は原告、被告の尋問です。今回使用するアプリケーションについては、事前に説明資料を提出頂いています。証拠として採用したうえで、証拠力を割り引きます。つまり一旦話は聞くけれども、話半分といいますか、どの程度信用し依拠するかはこちらで判断いたします。よろしいですか。原告代理人、被告代理人」

裁判長は左右を見渡した。原告代理人は「問題ありません」と言い、ぼくは「しかるべく」と答えた。しかるべく、なんていう大げさな言い方をする必要はないのだが、満員の聴衆を前に何となく格好をつけた。

「では原告代理人から、尋問の準備を始めてください」

原告席には原告代理人一人だ。立ち上がるとパソコンを開き、裁判所のプロジェクターに有線でつないだ。テレビ会議システムが立ちあげられている。

スクリーンには原告ココアと保護者の君彦が大写しになった。ココアはのんびりとキャットタワーのてっぺんに座っていた。君彦がパソコンを持ちあげて何とかココアを映しているようだ。

「『動物福祉法』及び『動物虐待の防止等に関する法律』に基づき、縄張りを離れることが困難な動物についてはビデオリンク方式での尋問を実施いたします」

原告代理人が説明した。

ビデオリンク方式は通常、ＤＶ被害者が加害者と顔を合わせないように配慮するときなどに使用される。縄張りを持つ動物を縄張り外に連れ出すことは動物虐待にあたるため、今回もビデオリンク方式が採用されることになった。

まずは原告代理人からの主尋問だ。今回の事件の経緯を頭から訊いていくことになる。だいたいは訴状に書いてある通りの内容になるはずだ。

原告代理人は原告席に立つと、机に両手を置き、中央の証人席に向かって身を乗り出した。

「ココアさん、あなたはMeTubeチャンネル『黒猫のココアさん』を運営していますね？」

『………』

パソコンからは何も音がしない。スクリーンに映るココアはのんびりと欠伸《あくび》をしている。

『ココちゃん、ココちゃん』パソコンから君彦の声が聞こえた。

ぼくはすかさず立ち上がった。

「異議あり。後見人が不規則発言をしています」

裁判長がこちらを見て「異議を認めます」と短く言う。

「後見人、発言しないように。原告代理人、質問を続けてください」

「ええと、はい。ココアさん、あなたは『黒猫のココアさん』の運営者ですね？」

『………』

ココアは目をつぶって丸くなっている。時刻は午後三時。ちょうどお昼寝の時間だろう。

「ココアさん、ココアさん」

原告代理人の声が大きくなるが、ココアは無反応だ。傍聴席からくすくすと笑い声が漏れる。原告代理人は焦ったように頭をかいた。ため息をつき、意を決したように裁判長のほうを見た。

「裁判長、『動物福祉法』及び『動物虐待の防止等に関する法律』に基づき、給餌措置を要求します。猫が見返りなく協力することはありません。おやつをあげずに証言させることは猫の本能に反し、猫が猫らしく生きる権利を侵害する。つまり虐待です。まずは猫におやつをあげる必要があります」

「認めます」

裁判長はすぐに答えた。

給餌措置は動物裁判でよく使われている。出頭した動物に過度な負担をかけないための配慮である。

「それでは後見人、お願いします」

原告代理人が声をかけると、画面から一旦君彦が消え、おやつ用のチュールを持って現れた。

『ココちゃん、おやつだよ』

おやつ、という言葉が発せられた途端、ココアは目を開けた。身体を起こし、やけに素早くキャットタワーから飛び降りた。君彦は慌ててパソコンを移動させているようだ。一瞬、映像が乱れたが、すぐにココアが大写しになる。床に四本脚で立ち、君彦がチュールを開封する様をじっと見つめている。

『ミャアア』

ココアが鳴いた。かなり大きな声だった。数秒経って、原告代理人のパソコンから機械的な読み上げ音が響いた。

『あなたが欲しい』

傍聴席がどっと沸いた。原告代理人が導入した猫専用翻訳機「にゃんこトーク」による翻訳だろう。あなた、つまりチュールが欲しいというわけだ。

ココアは一心不乱にチュールを舐《な》めきると、短く『ミャッ』と鳴いた。

法廷内一同がスクリーンを凝視する。

『疲れた』

傍聴席はさらに沸いた。傍聴者間で私語もまじり始める。猫だもんね、ココアちゃん可愛い、お昼寝させてあげなきゃ……。

「静粛に、静粛に。傍聴席での私語は慎むように」

さすがに裁判長が注意をした。傍聴席は静まり返った。が、その直後、最前列にいたシカが頭を振り始めた。周囲の人がとっさに避《よ》ける。

「キュイーン、キュイーン」

金属を爪でかきむしるような鋭い音が響いた。初めて聞いたがシカの鳴き声のようだ。近くにいたビーグルが威嚇するように唸《うな》る。すると傍聴席の端にいたチワワが「キャンキャンキャンキャン」と甲高い声で鳴き始めた。

音にびっくりしたのだろう。シカはさらに大きく角を振る。傍聴者たちは怯えて席を立ち、シカとは反対側の壁に貼りついた。

とうとう収拾がつかなくなって、裁判長は叫んだ。

「一時休廷します」

傍聴者たちは我先にと法廷から出て行った。人が少なくなるとシカはだんだんと落ち着いてきたようだ。ついには傍聴席の隅のほうで、脚を身体の下にしまって座り込んだ。

被告席に座っていたレオは、大人しくその様子を見ていた。口からは少しだけ歯がのぞいている。知能の高いレオにしてみれば滑稽な光景だろう。キィ、キィと裁判官たちには聞こえないくらいの小声で鳴いている。言葉は分からなくとも意味は分かった。ボノボも声を殺して笑うのだ。

「こういうことはよくあるのですか？」

隣の席から琴美が小声で訊いた。困惑の色が浮かんでいる。

「犬が鳴いたりすることはありますが。ここまで騒ぎになるのは珍しいですね。シカを連れてくる人があまりいないものですから……裁判長としても、シカの退廷を命じるのも面倒です。あとから不当だといってマスコミに叩かれるかもしれませんし。シカの保護者が空気を読んで、シカを連れ帰ってくれるのを祈るばかりです」

「裁判、大丈夫なのでしょうか」

琴美は眉尻を下げた。不安になるのも当然だろう。この日の出来次第で結論が決まると事前に伝えてあった。

「大丈夫。良い流れですよ」

レオは落ち着いていた。座ったままじっとぼくの胸元を見つめている。

「これが気になるのか？」

弁護士バッジを外してレオに見せた。レオは指先で弁護士バッジをつまむと、キィキィと愉快そうに鳴いた。

「こら、返しなさい。先生の大事なものなんだから」

琴美はレオをしかった。ぼくとしては気分が良かった。琴美にもレオにも、弁護士としての自分を認めてもらったような気がした。

ぼくの言葉通り、その後の尋問も被告有利に進んだ。

シカの保護者はシカを連れて帰ることもなく、傍聴席の隅でシカを寝かせたまま、何食わぬ顔で傍聴席に腰かけていた。

原告代理人は尋問を続けたものの、ココアは完全に寝入ってしまって、どの質問にも答えなかった。ぼくからの反対尋問も一応形ばかり行われたが、当然何の回答もない。結局、原告ココアへの尋問では何も情報が得られなかった。

これは望ましい展開だ。原告側証人は基本的に原告に有利なことを言う。原告側証人のうち一番重要な原告自身の証言を潰したに等しい。

続く被告側の主尋問も好調に進んだ。

「礼和三年、十一月十五日、あなたはどこにいましたか？」

中央の証人席に腰かけたレオに尋ねた。レオはぼくをちらっと見ると落ち着いた様子でタブレットを持ちあげ、操作した。

『ココア、家』

軽くうなずき、質問を続ける。

「ココアの家、ということですか？」

『はい』

「その日、何をしましたか？」

『動画、とる、ココア、通訳』

「動画をとるために、ココアの通訳をした、ということですか？」

『はい』

「それだけですか？」

『いいえ』

「他に何をしましたか？」

『ペニス、出す、こする、つける』

「ペニスを出してこすりつけた、ということですか？」

『はい』

「どこにこすりつけたのですか？」

『ココア、尻』

「ココアの尻、ということですか？」

『はい』

「どうしてペニスを出し、ココアの尻にこすりつけたのですか？」

『ココア、友達、好き、誕生日、祝う』

「ココアさんは友達で好きだから、誕生日を祝いたい。そういう気持ちがあったということですか？」

『はい』

「尋問を終わります」

その後、原告代理人からの反対尋問がネチネチと続いたが、レオは隙《すき》を見せることはなかった。

「ココアさんに対して、妬ましい気持ちがあったのではないですか？」

『いいえ』

「受け取っている報酬が安すぎると思っていたのでは？」

『いいえ』

どの質問に対しても、はい、いいえ、といった最低限の答えだけをするよう事前に伝えてあった。レオの対応は並大抵の人間よりも正確で忠実なものだった。

「君彦さんと琴美さんの交際を思わしくないと感じていたのではないですか？」

この質問に対してだけ、レオは固まった。様子をうかがうように、被告側の席に座る琴美とぼくに視線を投げた。ぼくはすかさず立ち上がる。

「異議あり。誤導です。質問が分かりづらい。平易な言葉で言い換えてください」

いくら知能が高いといっても、人間の子ども程度だ。思わしくない、といった回りくどい表現だと、レオは理解していない可能性がある。

「認めます。原告代理人、質問を変えてください」

「君彦さんと琴美さんが恋人同士であることを知っていましたか？」

『はい』

「そのことについて、嫌な気持ちだったのではないですか？」

レオは首をかしげて原告代理人を見た。何か引っかかっているのかもしれない。ぼくはもう一度異議を出そうと尻を浮かせたが、レオが答えるほうが早かった。

『いいえ』

その答えを聞いて胸をなでおろした。ココアや君彦に対して、何一つ不満は抱いていなかった、と裁判官たちに印象づけたい。ココアたちのことを好いていて、交友を深めるために性行動に走った。加害の意図はなかったと立証したいからだ。今の質問は「いいえ」が正解だ。

この質問以外は危なげなく対応した。レオの証言は見事というほかない。

第四回口頭弁論期日は無事に終了した。

「原告代理人、被告代理人、この後お時間よろしいですか。裁判官室のほうへお越しください」

終わり際に裁判長は素っ気なく言った。その言葉を聞いて、法廷内の緊張感は高まった。向こう側にいる原告代理人と目が合う。

「どういうことですか？　なんで呼び出されたんですか？」

法廷を後にするとき、琴美が小声で訊いた。一般の人は知らなくても当然だろう。

「和解勧告ですよ。全ての証拠調べが終わったから、裁判官の中で、どっちが有利、といった判断が固まったのでしょう。その判断に基づいて、和解をしないかと打診をしてくるのです」

「そんなの、有利な側は受けるわけないですよね」

「そうとも限りませんよ。判決まで待つのは色々と不都合です。さっさと和解したほうがいいこともあります。いずれにしても和解勧告まで来たら、もう終わりが見えたようなものです。あと一息ですよ」

琴美の顔に緊張が走った。裁判はごく有利に進んでいるが、素人の琴美からすると不安は残るのだろう。

『シカ、鳴く、面白い』

歩きながらレオがタブレットを操作した。

「シカさん、鳴いていたわねえ。何て言ってたんだろうね」

琴美が何気ない感じで言うと、レオは得意げに歯を見せた。

『敵、いた、シカ、嫌』

「敵がいたから、シカが嫌がっていたってこと？」

琴美が尋ねる。

『はい』

「ははは、そりゃあ、犬が何匹もいたからね。シカは怖がりだから嫌がっていたのかも」

『いいえ、人間、敵、いた』

レオはその場で飛び跳ねた。ムィ、ムィと短く鳴く。不快そうに顔をゆがめている。初めて見た表情だったが、マイナスの感情であることは分かる。言っていることが正確に琴美に伝わらない。そのことに苛立っているように見えた。

そうこうしているうちに裁判官室の近くまで来た。間もなく裁判官室の隣にある小部屋に通されるはずだ。廊下には向かい合うようにして、ベンチが二つ置かれていた。片方には琴美とレオが、もう片方には原告代理人とぼくが腰かける。

話すこともない。むっつりと黙っていると、突然、原告代理人が抱えたパソコンから『ミャア』という声がした。周囲の視線が一斉に原告代理人に集まる。

「これは失敬。原告とテレビ電話をつないだままにしていましたもので。この後のやりとりもありますから、これはこのままで――」

『ありがとう』

機械的な音声が響いた。

『ナーゴ』ココアの声が再度聞こえる。

数秒経ち、後を追うように音声が流れた。『休みたい』

『ミャアア』その少し後に『ありがとう』

その後もうにゃうにゃと鳴いていたが、どの鳴き声も「にゃんこトーク」によると「休みたい」と「ありがとう」だった。

ぼくはそっとパソコンの画面をのぞきこんだ。騒がせている自覚があるのだろう。原告代理人は止めもしなかった。

パソコンの画面には、ココアの顔がアップになっていた。

「それでは、原告代理人から中へどうぞ」

書記官が声をかけた。小部屋の準備が整ったのだろう。緊張しているらしい面持ちで、原告代理人が立ち上がる。十分くらいして、原告代理人は硬い表情で帰って来た。その顔を見て、勝った、と思った。

「被告代理人どうぞ」

原告代理人と入れ替わりで小部屋に入る。裁判官が提示した和解案は「謝罪文の提出、掲載又は謝罪動画作成の協力をしてはどうか」というものだった。

状況がつかめないらしい琴美は目を丸くしていた。

「お金を払わなくていいんだから、ほぼ勝訴ですよ」

ぼくが耳打ちをすると、琴美の表情は一変した。目を見開き、固まっている。

「ほんと？　謝るだけでいいの？」

「ええ、こっちが謝れば、向こうは訴訟を取り下げて、この件は今後掘り返さないと約束してくれるそうです」

「受けます！　ええ、受けますとも！」

琴美は立ち上がった。そのまま外に飛び出していきそうな勢いだった。満面の笑みを浮かべて、レオのほうを見た。

「ねえ、レオ。レオもそれでいいでしょ？」

『はい』

レオは白い歯を見せて、キィー、キィーと鳴いた。いつもより一段と大きな声だった。

4

琴美とレオが訪ねてきたのは、二週間後のことだった。

ゴールデンウイーク明けで急に暑くなってきた。事務所の応接室には一応クーラーがついているが、古すぎて、冷風を送り出すたびにゴオゴオと大げさな音を立てている。

琴美とレオに和解文書の確認をしてもらう。レオは謝罪動画への出演を約束することになった。謝罪動画を最後に君彦は「黒猫のココアさん」チャンネルを閉鎖するつもりらしい。君彦やココアへの誹謗中傷《ひぼうちゆうしよう》は日に日にひどくなっていたし、動画出演はココアの負担になると判断したという。

和解文書には署名押印をしてもらう必要がある。といってもボノボに署名させるわけにはいかない。署名部分は保護者の琴美が代筆した。それから、レオの親指に朱肉を付けて、和解文書に拇印《ぼいん》を押してもらう。動物虐待ぎりぎりだが、必要性に鑑みてこのくらいは許されるはずだ。

レオの指先を拭こうとするも、ちょうど事務所のティッシュが切れていた。

「車に置いてありますから。取ってきます」

琴美はそう言うなり、慌ただしく事務所を出て行った。

取り残されたレオは椅子にじっと座ったままこちらを見た。親指の先は朱《あか》いままだ。

ぼくもじっとレオを見つめ返す。

沈黙が流れた。クーラーのゴオゴオという音だけが聞こえる。

「レオ、本当のことを言ってごらん。琴美さんには言わないから」

ぼくが優しく言うと、レオは瞳をきょときょとと動かした。汚れていないほうの手でタブレットを握りしめながら、あらぬ方向に顔を向けた。

「性器を露出した本当の目的は、ココアを救うことにあったんだろ」

レオはぼくのほうを見て目を見開いた。驚いているのだろう。一緒の時間を過ごすうちに、タブレットを使わずとも少しずつレオの感情が読み取れるようになってきた。

「ココアは動画出演を嫌がっていた。だが君彦はココアの出演を望んだ。君彦に気をつかって、嫌々ながらもココアは出演を続けていた。ココアを動画撮影から解放してやるために、わざとライブ配信で問題行動をとって、チャンネルを凍結させた。そのまま終わればよかったけど、痴話げんかのもつれもあって裁判にまで発展。だがお前はやりきった。きっちり裁判でも勝って、ココアを救った。そうだろ?」

レオはにやりと笑った。声を出さない、シニカルな笑いだった。ぼくはそれを同意と受け取った。

法廷でシカが騒いだのは、脅威となる動物がいたからではない。人間の敵、つまり脅威となる人間がいたからだ。原告代理人はチャンネルを存続させたい君彦のために動いていた。本来は原告であるココアの意図を汲《く》んで動くべき代理人なのに、ココアの気持ちは無視して君彦の意図を汲んでいたのだ。ココアにとっては敵と言っていい。その悲痛な思いを察したシカが暴れ始めたのではないだろうか。

その声を聞いて、動物たちは騒ぎ出した。レオも翻訳した。だが琴美には伝わらなかった。それでレオは苛立っていたのだ。一番守りたいもの、友達のココアの気持ちが琴美に伝わらないのは歯がゆかっただろう。

「ティッシュもってきました」

琴美が応接室に顔をのぞかせた。素早くレオが駆け寄る。琴美はレオの手をとって、指先をティッシュで拭いてやる。

「先生、ありがとうございました」

琴美は深々と頭を下げた。

「弁護士費用も分割払いにしてくださって、ありがとうございます。何とお礼を言っていいか……」

「いいんです」

本心から言った。

「霊長類の裁判、しかも動物を尋問するなんて、私にとってもいい経験でした。私のほうからお礼をしなくてはいけないくらい」

一瞬躊躇したが、勇気を出して続けた。心臓がどくどくどくと激しく鼓動している。

「どうですか、もしよかったら、お食事でもご馳走《ちそう》させていただけませんか」

琴美は驚いたようにまばたきをした。

「ご馳走になるのは悪いです」

「いえ、いいんですよ」

ダメ押しをする。依頼人を個人的に食事に誘うなんて、弁護士倫理違反になりかねない。けれども今琴美を誘わないと、ずっと後悔することになる。

「えっと、それじゃ……私が先生にご馳走しますから。それでいいですか？」

「ダメですよ。ご負担を増やすわけにはいきませんから」

「そしたら、割り勘にしましょう」

琴美はにっこり笑うと、再度一礼して出て行った。

ドアの外で、タブレットの音が聞こえた。

『嫌、男』


琴美との食事の機会が訪れたのは一週間後の夜だった。二人きりで、と伝えてあった。レオは公立言語学研究所の研究者に預けているという。

こじゃれた焼野菜屋を予約してある。料理も美味しく、会話も弾んだ。裁判の話から入り、苦労をねぎらいあう。レオの話を聞くと、琴美は饒舌《じょうぜつ》になった。好きな話題を人に話すほど楽しいことはない。琴美は会話を楽しんでいるはずだ。

二軒目のバーに移動してからも、話は途切れなかった。これは今晩いけそうだという気がして、そわそわしてきた。おそるおそる、ほろ酔い気味の琴美の肩を抱く。華奢《きゃしゃ》だが、程よい肉づきで柔らかかった。否が応でも期待感は高まる。

ぼくは迷い始めた。今日のところは大人しく解散するべきか。そのほうが琴美に対して真剣さが伝わるだろう。けれどもいけるところまでいっておくほうがよいような気もする。少なくともぼくの本能は、いけいけとうずいている。

「琴美さん、ちょっと事務所で休んでいきませんか。ここから近いですし、お水でも飲みましょう」

琴美を支えながら店を出てささやいた。琴美も何かを察したようで、大人しくうなずく。

「ハンカチをトイレに忘れてしまったかも」

琴美はそう言って一度店の化粧室に戻ったが、すぐに出てきた。口紅が綺麗に塗り直されていた。店のマウスウォッシュを使ったのかもしれない。琴美のほうも準備万端というわけだ。

それからは早かった。十分弱歩けば事務所のある雑居ビルに着く。エレベーターで十階まで上がり、事務所の扉の鍵を開けて中に入ると、電気もつけずに琴美を抱きしめた。琴美は大人しくぼくに抱かれていた。琴美の太ももが、下半身の硬いものに当たった。

そのとき、事務所の扉が荒々しく開いた。

「ムィムィムィムィムィ」

甲高い鳴き声とともに、黒い物体が突撃してきた。とっさに脇に跳ね、避けた。廊下の電灯が事務所の中に差し込んだ。

黒いシルエットが照らされる。人間の子どもくらいの背丈、小さい頭、長くて太い腕。

レオだった。

ぼくはびっくりして、一歩後ろへ下がった。

レオの表情を見ると、怒っているのは明らかだった。口を横長に開き、威嚇するように歯を見せている。ぼくが琴美によからぬことをしようとしたのを嫌っているのだろうか。とにかく興奮している様子だけ伝わってくる。本来なら保護者の琴美が止める場面だが、当の琴美はその場にへたり込んでいる。

「ムィムィムィムィムィ」

レオは跳び上がった。一瞬にして視界から消える。上を向くと、レオは蛍光灯に片手をかけてぶら下がっている。勢いを殺さずに方向転換をして、琴美のすぐ前に立った。

そもそもレオはなんでここにいるのだ。言語学研究所はここからそう遠くないが、夜間に抜け出せるなんて管理がずさんすぎる。

いくら義務教育を受けていても、動物は動物なのだ。わけもなく興奮して人を襲うこともある。握力、瞬発力、跳躍力、どれをとってもレオには敵《かな》わない。正面からぶつかったら、ひとたまりもないだろう。

この場から逃げなくてはならない。

ぼくはゆっくりと身体の位置をずらし、入り口へと一歩ずつ近づいた。

考えがレオに読まれたのだろうか。途端にレオは飛び出して、ぼくのほうへ向かってきた。大きな手がぼくの左腕をつかんだ。

激しい痛みに眩暈《めまい》がした。巨大なペンチで腕を挟まれているようだった。

ううう、と声にならない吐息がもれる。ぼきっと音がした。左腕の骨が折れたのだろう。痛みで意識がもうろうとした。そのせいで痛みの元が左腕にあることも忘れそうなくらいだ。

ところが次の瞬間、左腕が急にスースーとした。見ると、レオが手を放している。レオはギョッとしたような表情を浮かべて、ぼくの左腕の肉からのぞく骨を見つめている。

いつだったか琴美が言っていた。ボノボは平和的で争いを好まない優しい生き物だと。なるほど、だから相手に負わせた怪我に驚いて立ち尽くしているのだ。ぼくは入り口に向かって駆け出した。ハッと気を取り戻したらしいレオも動き出す。扉から出た瞬間、もみ合いになった。

レオの手に首をつかまれたら終わりだ。首の骨くらい簡単に折ってしまうだろう。身体を回転させ、なんとかレオから距離を取った。だが、出た方向は最悪だった。エレベーターや階段に近いほうにレオがいる。ぼくの背後には、屋上へ向かう階段しかない。迷っている暇はなかった。すぐに駆け出して、階段を上る。屋上へ出て扉に鍵をかけようとしたが、扉は内側から乱暴に開かれ、レオが飛び出してきた。

その衝撃で、尻もちをつく。

目の前に、レオの紺色のリュックが転がっていた。乱戦で気づいていなかったが、レオはリュックを背負ったまま突撃してきて、ぼくに襲いかかったのだろう。屋上へ飛び出したはずみでリュックが肩から落ちたのだ。

リュックの口が少しだけ開いていた。その中から、懐かしい臭いがした。

血の臭いだ。

ぼくはとっさにリュックに手を伸ばし、中に鼻を突っ込んだ。

「血だ。血の臭い。人じゃない。牛、豚か、鳥か……」

レオはじりじりと近づきながら、ぼくの様子を見ていた。

「おいレオ、分かったぞ」

声を張り上げた。

「お前はココアを助けるつもりなんてなかった。ただ単に、琴美に近づく男を排除したかったんだ」

レオは琴美とずっと一緒にいた。男が生活に割り込んできて、嬉しいわけがない。君彦は目の上のたんこぶだった。レオは鳥の肉を君彦の家に持ち込み、ココアに与えた。

レオはつくばの森に住んでいる。野生の鳥は沢山いることだろう。レオの腕力と俊敏性なら鳥を捕まえることは造作ない。

琴美と君彦の仲を裂くことに成功したレオだったが、念には念を入れた。MeTubeチャンネルの撮影のために、今後もレオが呼ばれる可能性があった。一度止めにしたところで、再生回数が低迷してレオ復帰の打診が来ることが予想された。だから出演最終回であえて問題行動をとり、今後は出演依頼がこないようにした。

ところがこの行動がむしろ、琴美と君彦を結びつけることになる。君彦はココアの後見人として、レオを訴えたのだ。レオの保護者の琴美が君彦と顔を合わせる機会が生まれてしまう。だからレオはこの裁判を勝ちに徹した。勝ち切れば、琴美を君彦から切り離せる。これにもレオは成功した。

それなのに——代理人弁護士の男、つまりぼくが現れた。琴美に命じられて一旦は留守番をしていたものの、頃合いを見計らって脱走し、琴美を探したのだろう。琴美が行き先を告げていたのかもしれない。ボノボの全速力はかなり速い。琴美の身に何かある前に、ぼくの前に姿を現したのだ。

そういえば尋問で、レオが答えに窮した場面があった。琴美と君彦の関係についてどう思うか訊かれたときだ。レオの中にも即答できない迷いがあったのだろう。

レオとぼくはにらみ合った。どちらも動かない。

次の瞬間、同時に飛び出していた。

レオが一瞬早かった。出口に向かおうとするぼくの腕をつかみ、信じられないくらいの力で引っ張った。悲鳴すら出なかった。ちょうどさっき折られたほうの腕だ。屋上の床に転がりながら腕をかばう。

殺される、と覚悟した。

身体じゅうが痛くて、すぐには起き上がれない。

レオはじっとぼくを見下ろしている。

「ああ、本当に嫌だった」

レオの後ろ、十階へ続く階段のほうから女の声がした。カツカツと階段をのぼる音が続き、人影が現れる。月の明るい夜だった。その表情がはっきり見えた。

勝ち誇るように冷淡な笑みを浮かべた琴美だった。

「レオ、急に呼んでごめんね。来てくれてありがとう」

レオはキィキィと短く鳴いて、飛び跳ねた。琴美に感謝されて、満足そうな声色だ。

「本当にこの人、気持ち悪いんだから」

琴美の視線は刃のようだった。その視線はぼくの心にぐさぐさと刺さった。何かすごく冷たいものが腹の中に入ってきて、ぼくの心臓を潰してしまいそうだった。

「あなたは先生で私は依頼者。レオのこともあるし、歯向かえないのをいいことに、ずーっと嫌らしい目で見てきて、たいした用もないのにメールや電話がくるし、挙句の果てに食事ですって。こっちは報酬を分割払いにしてもらってる負い目もあるから、今後も分割金を払い続ける関係上、強く出られないじゃない。下心たっぷりで近づいてきて……本当に気持ち悪い」

折れていないほうの腕で床を押し、半身を上げた。なんとか声を絞り出す。

「ぼ、ぼくは、そんなつもりじゃ……」

「みんなそう言うのよ」

琴美はせせら笑った。

「純愛だ、恋愛だ、悪気はなかった、って。こっちは事務的な会話以上のものは何もしてないってのに、それで勝手に恋愛できるってあきれちゃう。妄想の世界に生きてるのかな。ま、結局、女が言うことなんて何も聞いちゃいないのよね。あなたたちは」

頭がくらくらしてきた。琴美の言っていることがにわかには理解できなかった。メールをすればすぐに返事がきた。常に笑いかけてきた。物腰も丁寧で、ぼくに敬意をもって接してくれた。それらがすべて事務的な対応だったというのか？

「き、君彦はどうなんだ」

思いもよらぬ言葉が自分の口から漏れた。どうして君彦と比べようと思ったのか分からない。けれども君彦も自分と同じ「勘違いの被害者」なのだとしたら、多少溜飲《りゅういん》も下がる。

「はあ？　なんで君彦の話？　彼は恋人だったんだし、あなたとは全然違うでしょ。まさか猫に鳥の肉をあげるような前時代的な人だとは思わなかったから、びっくりしたけどさ」

やはり、レオの策略により君彦はフラれたのだ。レオは賢い。そのレオを対等に見て警戒していなかった君彦の脇の甘さが出たのだ。

「動物を下に見る、遅れた人間なんだよ。あいつは」

負け惜しみのようにぼくは言った。すると琴美はキッと目を吊り上げた。あの丸い小動物のような目がこれほど鋭く光るとは驚きだった。

「何言ってんの。あなたは君彦以下よ。酔っぱらって散々話していた『時代の最先端』だとか『動物の権利』だとか『命権意識のアップデート』だとか……あなた、そういう先端的な議論をするレベルにいないから。女を下に見て、女をモノみたいに扱って……そもそも人間を人間扱いできてない。そんな人に動物の扱い云々を言われてもねえ」

横風が吹き付けて、琴美は身震いをした。

「それじゃ先生。報酬はきちんと払いますから、こういうのはもう終わりにしてくださいね。風邪ひくし、もう帰ろう。レオ」

琴美は踵《きびす》を返し、階段を下りて行った。レオはその場でぐずぐずしている。リュックの中に手を入れてタブレットを取り出す。ぼくのほうに近づいてきて、タブレットを操作した。

『お金、今、ない、払う、大変』

レオはタブレットを脇に置くと、ぼくの背広に刺していた弁護士バッジを器用に引き抜いた。

えっ、と思った瞬間、レオは弁護士バッジを空中へと高く投げた。ぼくはそれを拾おうととっさに立ち上がり、よろけながらも踏ん張って屋上の端へと急いだ。必死に手を伸ばす。

弁護士バッジはぼくの指先をかすめて、ビルの外へと飛んでいった。低い柵に片手をついて、背を丸め、弁護士バッジが地上へ落下していくのを見つめる。カラン、と地面にぶつかる音がした。

腰をかがめたまま後ろを振り向くと、すぐ近くにレオが立っていた。

血の気が引いた。

「おい、ちょっと、待て――」

レオはぼくに尻を向けた。ちょうどぼくもレオのほうに尻を向けていた。レオは尻をぼくの尻にトン、とぶつけた。

たちまちぼくはバランスを崩して、前方へ転んだ。何かをつかもうとするもつかめるものがない。落ちていた。

ぼくを見下ろすレオの姿が遠くに見えた。

いつか琴美が言っていた。

――友達だよ、平等だよって気持ちを込めて、尻と尻をぶつけるのです。

琴美もレオもぼくも平等。そんなのは当たり前だ。当然分かってる。古い世代とは違うんだ。ぼくは時代についていっている。遅れてなんていない。

「キィーキィー」

甲高い声が夜空に響いた。

月に照らされて白く光るものが見えた。あれはきっと、笑ったときのレオの歯だろう。ぼくの意識はそれきり、闇の中へ落ちていった。

# 二. 自家醸造の女

麗和六年「酒税法及び酒類行政関係法令等解釈通達（通称：どぶろく通達）」

# 1

真っ白な粉がさらさらと部屋中に降りそそいだ。

講師が手を動かすたびに、まるで魔法をかけたように白い粉が舞い上がる。種麹《たねこうじ》である。

机の上に整然と並べられたトレイの中には、蒸し米が詰めてある。一時間ほどかけて甑《こしき》で蒸したものだ。

「寺田《てらだ》さん、蒸し米の状態を確認してください」

講師に指名されて、寺田万里子《まりこ》はため息をついた。講師は事あるごとに万里子を指名する。完全に目を付けられているな、と思った。昔からスパルタなタイプの教師とは反りが合わない。

万里子は神妙な顔を作って前に出た。トレイの端のほうに手を入れ、親指と薬指で米粒をひねると、粒がくずれてのびた。

「大丈夫です。ひねりもち、の状態になっています」

「ひねりもち、ではなく、ひねりもと、ですよ」講師が渋い顔で言った。「蒸し米の理想的な状態のことです。テキストにも載っていますよ。ひねりもちはひねりもとになっているか確認するためにもち状に形成したものを言います。ひねりもちなのは一見して明らかですよね。あなたが確認すべきなのは、このひねりもちがひねりもとになっているかどうかです」

「あっはい。すみませーん」

万里子は即座に言った。ひねりもちでもひねりもとでも、何でもいいでしょ、というのが本音だった。最終的に美味しいお酒ができればそれでいいのだ。

「米一キロに対して種麴は一グラム。どんな種類の種麴を使ってもある程度うまくできますが、味にこだわりたい人は日本酒用の種麴を購入するようにしてください。通販でも買うことができますから」

講師を囲んだ十人ほどの生徒は、めいめい熱心にメモを取った。

この『美味しいお神酒《みき》の造りかた』講座は全五回で構成されており、受講料は五万五千円もする。だが募集を開始して半日も経たないうちに、受講枠は全て埋まってしまった。

パンフレットに次のような宣伝文句が入っていたのも大きかっただろう。

『清々《すがすが》しい気持ちで新年を迎えるためには、美味しいお神酒が不可欠です。最近は、高いお金を出して市販のものを買うという人も増えてきました。ですが、愛情をこめて手造りするからこそ、家族の無病息災を願う気持ちが通じるのです。なにより、家庭の味、お母さんの味を思い出すとき、人は優しい気持ちになるものです。皆さんも母の味、祖母の味を覚えていることでしょう。面倒だから、できないからと諦めず、今年はきちんと、手造りのお神酒に挑戦しましょう』

鬱陶しい煽《あお》り文句には反吐《へど》が出そうだった。

いつだったか、帰国子女のタレントが「お酒はお店で買ったほうが美味しい」と言ってSNSで炎上したことがある。万里子は彼女に喝采を送りたかった。

市販の酒のほうが美味しいに決まっている。最新の設備を使ってプロが造るのだ。家庭で素人があれこれ工夫したくらいで超えられるわけがない。万里子は市販の酒しか飲まない。自分で造るのは面倒だ。造ってまで飲みたいとは思わなかった。

万里子の実家はもっぱらビール派である。家族でビールを造るのは毎年の恒例行事だったが、父と二人の兄が張り切って先導していた。末っ子の万里子は「試飲係」などと称して、面倒な作業から逃げることが許されていた。

それなのに、どうしてこんなことになったのだろう。

万里子はため息を重ねた。

夫の達樹《たつき》とは婚活パーティで出会った。長身で甘いルックス、朗らかな性格にまず惹《ひ》かれた。だが一番気に入ったのは、プロフィールシート「飲酒」欄で「好まない」が選択されていたことだ。酒好きの男と結婚すると、酒造りが大変だと聞く。なるべく酒を飲まない男と結婚しようと決めていた。自分のプロフィールシート「得意な醸造は?」欄には「ビール他」と小さく書いていた。実際は、ビールすら満足に造れないし、他の酒に至っては造ったことがなかった。

専業主婦になる以上、料理と酒造りくらいできないと立場がない。けれども料理にも手間どる万里子にとって、酒造りまでやらされるのは耐えられなかった。料理は何とかするから、酒造りは免除してもらおうと思っていた。

それなのに——。

義母の照子《てるこ》の甘ったるい声を思い出すと腹が立つ。

「お正月にはこっちにいらっしゃるんでしょ? 日本酒を造ってきてくれないかしら。うちの人が飲みたがっているんだけど、私は身体が言うことを聞かないし」

照子は弱々しく言った。元々身体が弱いのは知っていたが、白々しいと思った。哀れっぽさを演出している。

万里子はよっぽど「造れないなら、市販のものを買えばいいんじゃないですか？」と言ってやりたかった。だがそんなことを言うと、こっちが悪者みたいになる。非常識な嫁として陰口を叩かれてもおかしくない。

市販の酒しか飲まない万里子も、そのことを人に言いふらしたりはしない。三十を過ぎて酒造りも満足にできない女を、世間は冷酷に見下してくるからだ。二十歳まで酒を飲むなというくせに、成人した途端、酒造りは最低限のスキルのような扱いになるのだから理不尽である。

今までやらなかっただけで、やろうと思えば酒造りもできるはずだ。

正月まで二カ月を切っている。『美味しいお神酒の造りかた』講座は、渡りに船だった。

「それでは、蒸し米のトレイを帆布で包んで、保温器に入れてください」

講師の指示を受け、万里子は帆布の端を指先でつまんで広げた。使い古されて黄味がかった帆布は、潔癖ぎみの万里子には汚らしく感じられた。

両手でトレイを持ち上げる。三キロ以上の蒸し米が入っている。腰を使っても少しよろめいた。ざっと帆布で包むと、講師が近寄ってきて無言で手を伸ばした。

万里子が包んだものをほどいて、綺麗に包みなおす。

「すみません、ありがとうございます」

万里子が頭を下げると、講師は低い声で言った。

「あなた、ちょっと雑ね。包み方、おうちで習わなかったのかしら」

「うちはビール派なんです。泡が出ないと飲んだって気がしませんから」

「あら、最近はスパークリング日本酒もありますから。そちらを造る講座にも参加なさったら?」

講師は表情ひとつ変えず言った。

女同士の言い争いは百戦錬磨だとでも言わんばかりの余裕が感じられる。こんな女がいる家に嫁に行かなくてよかったと内心安堵《あんど》した。

トレイを持った生徒たちは保温器の前に列を作った。一人ずつトレイを差し入れていく。

保温器は人の背ほどの高さがある。列の後ろのほうの万里子には、上方の段しか残されていない。

二の腕の筋肉がぴくぴくするのを感じながら、トレイを掲げて保温器に入れる。

講師は保温器の扉を閉めて、にっこり笑った。

「はい、ここまでくれば後は楽ちんです。四時間おきに保温器からトレイを出して、しゃもじで攪《かく》拌《はん》しましょう。四十八時間で、麹の完成です。温度は四十度以上にならないように注意してください。四十度を超えた場合は追加で攪拌して熱をとります」

万里子は頭がくらくらした。

四時間ごとの攪拌を十二回、四十八時間もするのか。

それが楽ちんだって?

信じられないと思った。

だが周囲を見渡しても、驚きの表情を浮かべている者はいない。

ほとんどの生徒は、神妙な顔でメモをとっている。参加しているのは全員女性だ。土日のクラスでは、三割くらいが男性だと聞くが、平日クラスの参加者は主婦ばかりになる。

生徒の群れから一歩離れたところに、一花《いちか》が立っていた。

地味な紺色のワンピースを着ている。その上からこれまた地味な茶色のエプロンをつけていた。ワンピースの下で泳ぐ華奢な身体をエプロンの紐でむりやり縛っているように見えた。

万里子の視線に気づいたのだろう。一花は万里子のほうを見ると、曖昧に微笑《ほほえ》んだ。

一花はいつも、申し訳なさそうに笑う。それが彼女のチャームポイントともいえる。いかにも無害そうで相手を油断させる力がある。でも無性に、その笑顔を腹立たしく感じることもある。めちゃくちゃに虐《いじ》めて、泣き顔を見てみたいという残虐な空想が広がる。

どんなことをされても、一花は曖昧に笑うだけだ。現に、夫から殴る蹴るの暴行を受けているのに、ふにゃふにゃと笑ってやりすごしている。それを見て、夫はさらに殴るそうだ。申し訳ないけど、万里子は夫のほうに共感した。

「それでは」講師が声を張り上げた。「本日の授業は以上となります。今回皆さんが学んだ麹造りは日本酒の根幹ですから、しっかり復習してください。来週、第四回目の授業ではついに、乳酸と酵母を使って酒母《しゅぼ》造りに入っていきます」

授業が終わると、参加者たちはいくつかのグループに分かれて雑談を始めた。一花が万里子に駆け寄ってきた。

近くの喫茶店に連れ立って入る。いつもの流れだった。

「ごめんね。万里子ちゃん、忙しいのに。私なんかに付き合ってもらって」

「別に謝ることないでしょ」

万里子はいらいらしながら言った。

一花は自分にしか興味がない。ごめんね、ごめんねといつも謝るのも、自分を守るためだ。謝りすぎると相手に気を遣わせるということすら分かっていない。

いや、むしろ全て分かっていて、あえて謝っているのかもしれない。弱々しく振舞うことでこちらを支配しようとするのは、義母の照子と一緒だ。

一花の指には絆創膏《ばんそうこう》が貼られていた。一枚ではない。右手親指に一枚、左手人差し指、中指に一枚ずつ、計三枚だ。

「それ、どうしたの？」

「あっ」一花は両手を隠すように机の下に引っ込めた。「なんでもないの」

「もう見えてるから。隠したって仕方ないでしょ」

呆れながら万里子は言った。

「でも、これは本当、なんでもないの。私ドジだから、昨日カボチャを切ってるときに、怪我しちゃっただけで」

「なんでカボチャなんて切るの？」

「えっ、だってトモ君が」

トモ君というのは、一花の夫である。一花は万里子に輪をかけて料理が下手だ。それを毎日食べさせられているトモ君には同情を禁じ得ない。

「カボチャが入ってないと味噌汁じゃないって言うから」

「カットされたカボチャ、スーパーで売ってるじゃん。あれを買ってくればいいでしょ」

万里子に至っては、味噌汁を作ったことがない。いつもインスタントのもので済ませているが、夫の達樹は許してくれている。達樹は味オンチだし、万里子以上に大雑把だからだ。

「一回買って、使ってみたけど、『お前がこんなに上手《うま》くカボチャを切れるはずがない』って、トモ君にバレちゃって、殴られたから……」

一花は目に涙をためて、肩を小刻みに震わせた。

「私ほら、実家も崩壊してるし、家事とか料理とか酒造りとか、普通なら自然とできること、何もできないからさ……」

万里子は黙ってコーヒーをすすった。ほろ苦い味が口いっぱいに広がる。鼻を抜けるかすかな酸味が不快だった。

一花の愚痴がまた始まった、と思った。他の人は恵まれているから何でもできる。自分は恵まれていないから何もできない。一花が好んで語るストーリーだ。

「家事も料理も酒造りも、自然とできるようになるわけ、ないじゃん。トモ君だって何もできないでしょ」

「トモ君は男の人だから話が違うよ」

一花は女子高時代の同級生だ。所属しているグループが違ったから、当時は仲良くなかった。卒業後、同級生たちと何度か集まっているうちに一花とも話すようになり、距離が縮まった。

他の友人たちは仕事があったり、子供がいたりして、忙しい。子供のいない専業主婦の万里子に付き合ってくれるのは一花だけだった。ネガティブ思考の一花は、一緒にいると疲れる。けれども一人でいるよりはマシだった。いつ誘っても、一花は「行く」と言ってついてくる。

一花の実家はヤバい、というのは聞いたことがあった。何がヤバいのかは知らない。お父さんは服役しているとか、お母さんはアルコール依存症だとか、いろんな噂が流れていたが、本当のところは分からない。一花も苦労を匂わせるだけで、具体的なことは何も話さない。

なんだかんだで一花は頑固なのだ。誰にも彼にも愚痴を言い、不幸を匂わせておきながら、不幸から逃げようとはしない。むしろ不幸に飛び込んでいっているようにも見える。

トモ君は結婚前からDVやモラハラを繰り返していた。そんな男、やめておけばいいのにと万里子は思う。だが一花は、「こんな私を必要としてくれる人だから」と思って、結婚したのだそうだ。

「私、お酒もまともに造れないから……最近は毎日練習してるんだけど、なかなか上手くいかなくて……」

精米所で精米した米を一時間かけて丁寧に手洗いし、さらに一時間かけて蒸し器で蒸す。ここまでは一花でも失敗しないらしい。

だが一花が使っている安物の製麴器《せいきく》では、どうしても麴造りが上手くいかないのだ。四時間おきの攪拌は律儀に守っている。けれども、どこかのタイミングで温度が上がりすぎて、麴菌の生育が均一でなくなってしまう。

「四時間おきの攪拌なんて、やってられないよ」万里子が手のひらを振りながら言った。「棒印《ぼうじるし》の製麴器を使えばいいじゃん。攪拌機能がついているから、蒸し米を入れたらそれでおしまい。四十八時間放っておけばいいの」

「でもあれ、五万円くらいするでしょ。うち、お財布は全部トモ君が握ってるから、とてもじゃないけど買えなくて」

「えっ、じゃあ、今受けてる講座の受講料はどうしたの？」

「独身時代のへそくりから出したけど、それでへそくりも使い切っちゃって」

万里子はため息を重ねた。この講座に参加するくらいなら、棒印の製麹器を買ったほうがいい。それなのに、この講座に来ることを決めたのは、万里子が誘ったからに違いない。どうして一花は、こうも愚かしいのだろう。

喫茶店のドアが開いて、女性客が三人入ってきた。冷たい外気が店内に流れ込む。冬の始まりを感じるにつれ、年末年始が近づいていることを突きつけられる。

一花に構っている暇はなかった。万里子は万里子で、酒を造れるようになる必要がある。

「元気出しなよ」万里子が笑いかけた。「市販の日本酒を出したって、案外トモ君も気づかないかもよ」

空虚な慰めを口にした。カボチャが上手く切れただけで一花を疑う男だ。市販の酒が出てきたらすぐ気づくに決まっている。

それに、最近は酒税がどんどん上がっていて、市販のお酒は一升で数万円する。買い求める余裕は一花にはないはずだ。

「まあ、もう少し頑張ってみるよ」

一花は笑顔を浮かべた。いつもの、申し訳なさそうな笑みだった。

日本で禁酒法が施行されたのは、戦後すぐのことだった。ＧＨＱの主導によるものだ。

戦前の米国では、禁酒法を断行して失敗している。粗悪な密造酒が流通して健康被害が生じたほか、酒の闇取引はマフィアの大きな収益源となった。

理想主義的なGHQ民政局の官僚たちは、日本を実験場に禁酒を実現しようとした。本国での失敗を経てなお、禁酒の夢を諦めていなかったのだ。

勤勉な日本国民なら、禁酒が実現するかもしれない。理想的な民主国家の樹立のためには、国民の冷静な判断能力が必要不可欠である。有害なアルコールを断ったクリーンな国づくりを、彼らは目指していた。

酒の製造と販売は原則として禁止された。

例外は一つだけ、調査研究目的での酒造だ。商業ではなく、アルコールを科学的に調査研究するための酒造である。商業用ではない以上、大量生産は認められない。

酒造メーカーはほとんど倒産してしまった。生き残った一部の酒造メーカーも、「蒸留酒研究所」や「醸造酒研究所」などと名称を改めて、細々と酒を造るのが精いっぱいだった。出来上がった酒は廃棄せず販売してもよいことになっている。生産量の限られた「調査酒」の価格は高騰し、庶民が手に入れるのはまず困難となった。

誰もが予想することだが、こっそり自家醸造する家庭が急増した。もちろん違法だが、自家醸造は半ば公然と行われるようになる。何と言っても、取り締まる側の役人たちだって、家に帰れば女房が造った酒で晩酌していたのである。

昭倭《しょうわ》二十五年の流行語大賞には「家庭の晩酌、嫁さん次第」「男の肝臓をつかめ」がノミネートされている。各地域、各家庭では秘伝のレシピが開発された。「あなたのレシピ教えてください」

という雑誌の企画には、全国から五万三千通もの応募があった。レシピコンテストで優勝した徳島県在住の村山《むらやま》サダ（当時七十三歳）は一躍時の人になり、著書『サダばあちゃんの美味しいどぶろく造り』は二十万部超のベストセラーになった。

転機が訪れたのは、昭倭三十二年のことだ。

凪宣彦《なぎのぶひこ》内閣が成立し、翌年、禁酒法が廃止された。

凪首相は酒蔵の息子だった。反米保守の思想もあいまって、日本古来の伝統である酒造りを復興することを党是としていた。

護送船団方式により酒造メーカーは次々と復活していく。海外への輸出量が増え、無形文化遺産への登録を目指して、国策として酒造りが進められた。

他方で、家庭での醸造も正式に認められた。昭倭二十七年に発出された「酒税法及び酒類行政関係法令等解釈通達」、いわゆる「どぶろく通達」による措置だ。

酒造りには地域の味、家庭の味が反映されている。どぶろく通達から七十年以上が経った麗和《れいわ》六年現在に至るまで、古き善き伝統として、次世代に引きつぐべき美徳とされたのだった。

万里子も、母方の祖母が造る日本酒の味を覚えていた。

野原で摘んできたスズランのように、控えめでまろやかな香りが口の中に広がる。何杯飲んでも飽きることはない。身体にしっくりと溶け込んで、馴染んでいく味だ。

友人の家でご馳走になった日本酒にはもっとバラのように華やかなものもあったし、稲穂がそのまま香るような素朴なものもあった。

市販の酒も入手できる世の中になったが、市販の酒はやはり味気ないという人が多い。すっきりと整っているが特徴に欠ける。

それに引き換え、この酒は――。

台所で紙コップを持ちながら、万里子は首をかしげた。

あまりにも特徴があった。不味《まず》すぎる。胃薬と泥を混ぜたような味だった。泥を飲んだことはないから、あくまで想像上の話だが。

無色透明な清酒を目指してしっかり上槽したのに、なぜかどぶろくのように濁っている。

自分で造った酒がこんなに不味いなんて知らなかった。父や兄たちが造ったビールも、母方の祖母が造った日本酒も、美味しかった。

天は二物を与えずと言うが、人を威圧できるほどの美貌に恵まれた万里子は、それ以外の能力を母の腹の中に忘れてきたのだろう。と、自分では思っていた。

すでに十二月半ばである。正月まで二週間ほどだ。酒造りはどんなに急いでも一週間から十日ほどかかる。

もうこれは無理だ、と思った。

腹の底にすとんと落ちるように、自分でも納得した。

自分は酒造りに向いていない。

失敗の原因が分からなかった。きちんと精米しているし、洗米しているし、蒸す作業も行っている。麹は、棒印の製麴器を使っているから間違いないはずだ。乳酸も酵母も一般的な市販品を使っている。アルコール度数が上がってきたら、袋搾りで丁寧に上槽し、温度計で測りながら火入れしている。

全てレシピ通り行っているのに上手くいかない。造酒オンチというのはそういうものなのだ。不味い酒のにおいが口の中に充満し、気持ちが悪い。

酒が入った紙コップをシンクに置き、冷蔵庫をあける。よく冷えたミネラルウォーターをグラスに注ぎ、がぶ飲みした。冷たい水が喉を通る感覚が心地よい。グラス二杯ぶんの水を飲んでやっと、すっきりとした気分になった。

スマートフォンを取り出して、一花に電話をかける。

一花はよくしつけられた犬のように、ツーコールで出た。いつかけてもこうなのだから、やや不気味ですらある。

「もしもし?」

「ねえ一花、酒造りどうなってる?」

「あっ、それがね。昨日トモ君が美味しいって言ってくれて。私、料理のほうはダメだけど、酒造りはいけるかもしれない」

一花らしくもない明るい口調だ。

「毎日やってたら、なんだかコツをつかんできたのよ。このあいだ、講座の先生にご挨拶に行ってね。造ったお酒を差し上げたら、褒められちゃったの」

「へえ」不機嫌さを隠さずに言った。

「でも一花って、安い製麴器使ってたよね。攪拌機能がないやつ」

「そうそう。だからね、四時間おきに攪拌しなきゃいけなくて……しかも毎日造ってるから、毎日四時間おきに攪拌してるの。最近は寝ていても四時間で目が覚めるようになってね」

電話口から興奮している様子が伝わってきた。

いつもおどおど話す一花は、こちらから質問しても反応がワンテンポ遅れることが多い。ところが今日はすらすらと言葉が返ってくる。

「万里子ちゃんはどう?」

「えっ、私はまあまあ、かな」

「万里子ちゃんは、器用だからねえ」

感心したように一花は言った。万里子が器用なのは、アイメイクの手つきだけだ。料理も裁縫もできないが、そのことを人に言わないから、一花も知らないのだろう。

ふと頭の中で閃《ひらめ》いた。考える間もなく口を開いていた。

「ねえ一花、造ったお酒、今度ちょうだいよ。一瓶だけでいいからさ。材料費も払うよ。私、一花のお酒飲んでみたいな」

「えっ、材料費なんていいよ。ちょうど家に一升瓶が、えーっと、五つ、六つくらいあるから、欲しいだけ言ってよ」

一花の言葉がいつになく心にしみた。

「本当? ありがとう。助かる」

「助かるって、なんで?」

「いや、何でもないの。こっちの話」

受け取りの日時を決めて、電話を切った。持つべきものは友達だ。トロい一花にイラつきながらも、付き合ってきた甲斐があった。

一緒に出かけると、一花はいつも中途半端なタイミングで「トイレに行きたい」と言い始める。デパートやレストランにいるときはトイレに行かない。「トイレはいいの？」と訊いても、「大丈夫」と言う。そのくせ、電車移動を始めた途端、トイレに行きたがる。

服装もちぐはぐで、どこか垢ぬけない。一つ一つのモノは悪くないのに、合わせかたが絶妙に変なのだ。あるときは、赤と白のボーダーのカットソーを着て、星の模様がついた紺色のバッグを持ってきた。一目見て、一人で星条旗を再現しているようだと思った。その日は隣を歩くのも恥ずかしかった。

だが、そんなこんなを我慢して付き合ってきて、本当に良かった。

万里子は自分で造った酒をシンクに流しきった。もうこんなものはいらないのだ。自然と頬がゆるんだ。

2

外はしんしんと雪が降っていたが、古い日本家屋の中は暑すぎるくらいだった。暖房に石油ストーブ、炬燵《こたつ》まで出ている。

北陸の米どころに、達樹の実家はあった。

炬燵の天板は立派な杉の一枚板だ。磨き上げられた木目の上には、漆塗りのお重が三つ並んでいる。色とりどりのおせち料理が詰まっていた。

つやつやの黒豆に、小ぶりな数の子、田作り、たたきごぼう、紅白のかまぼこ。ふんわりと巻かれた伊達《だて》巻き、きんとん、紅白なます、昆布巻き。

どれも優しい味つけだ。食感の違いが楽しく、いくら食べても食べ飽きない。一つ一つを口に入れながら、万里子は「美味しいです」としきりに言った。嘘はなかった。

かまぼこ以外は義母の照子の手作りだというから驚きだ。

「和食ばかりじゃ飽きるかと思って」

と、ロブスターのクリームグラタンまで出てきた。プリッとしたロブスターの食感と、クリーミーな味わいがたまらない。

料理が苦手な万里子だったが、食べるほうは好きだ。照子に勧められるまま、どんどん食べた。

「こんなに食べっぷりがいいと嬉しいわねえ」

照子は目を細めた。

「でも万里子さん、お酒造りがお上手だなんて知らなかったわ。なんというか、華やかな雰囲気のかただから、お料理やお酒造りはなさらないのかと思ってたのよ。おほほ、これは失礼」

と実際に失礼なことを言いながら笑った。

義父の達郎《たつろう》は顔を赤らめて、うなずいた。

「こりゃあ美味《うま》いね」

手ずから燗《かん》を持っておちょこに注ぎ、ぐいっと喉に流し込む。

「素朴だけど温かくて、力強い味だ。道端に咲くタンポポみたいだねえ。まさか万里子さんが、こんなに酒造りが上手とは」

達郎も照子と同様、驚きの言葉を繰り返す。

義父母が驚き、感心し、喜ぶ顔を見ていると気分がよかった。

見た目が派手な万里子には家庭的なイメージを抱いていなかったのだろう。見た目だけの女に息子が引っかかったと思っていたはずだ。

万里子もおちょこに口をつける。

ふんわりとした優しい香りが広がった。見た目は無色透明でさらさらしているのに、やや甘口で、ふてぶてしいくらい深い風味がある。市販の酒にはない濃厚さだ。

弱々しいようで頑固な、一花らしい味だった。

達郎がおちょこを置いて言った。

「酒の味は家庭の味、女房の味。女に酒を造らせれば、女の正体が分かると昔から言われたもんだ」

昔といっても、酒造りが認められたのは戦後になってからだ。百年も経っていないというのに、いつの間にか日本古来の伝統として酒造りが根づきつつある。

「達樹も飲めばいいのに」

「俺はいいよ」

達樹は面倒くさそうに断った。父親が酒を飲みすぎるのが嫌で、達樹は酒を飲まないことにしているというのは、最近知ったことだ。

「もし万里子さんがお酒造りができない人だったら、うちの造り方を教えて差し上げようと思っていたのだけど、必要がなさそうね」

照子の言葉にぞっとした。

一花が造った酒を持ってきて本当に良かった。姑とマンツーマンで酒造りを習うなんて苦痛以外の何物でもない。万里子は酒造りが苦手であることは明白だった。いくら教わっても上手くできる気がしない。

「もしよかったら、今後もお酒を造って送ってくれないかしら？　うちの人、このとおり大酒飲みなんだけど、私の体調も良くなくて……」

照子はこれといった大病を患ったことはない。だが慢性的な体調不良が続いているようだ。気圧の変化があれば頭が痛くなり、脂っこいものを食べれば胃腸がムカムカし、外出が続くと発熱する。

「家のことは何とかこなしてきたんだけど、年々きつくなっちゃってねえ」

照子は漫然と居間を見渡した。万里子もつられて周囲を見る。隅々まで掃除が行き届いている。埃《ほこり》一つない、とはこのことだ。達樹の大雑把さは父親譲りなのだろう。

「えーっと、分かりました。造ったら送ります」慌てて言葉を付け加える。「あんまり沢山は造れないですけど」

一花のことだ。また欲しいと言ったら分けてくれるだろう。だがそう頻繁に頼むわけにもいかない。

達樹は酒に口を付けなかったが、帰りの新幹線の中でしみじみと言った。

「万里子、ありがとな。てっきり酒造りは全然できないものとばかり思ってたから、俺も驚いた。これからも親父に造ってやってくれよ。あんなに嬉しそうな親父も久しぶりだったから」

万里子は返事をしなかった。

達樹は了解と受け取ったようだ。満足そうにうなずくと、座席のヘッドレストに頭を預け、寝入ってしまった。

新幹線は長いトンネルに入り、車内はにわかに暗くなった。

万里子は胸がきゅうっと締め付けられるのを感じた。事を丸く収めようと思って酒を持っていった。その酒が好評だったのだから、これで良かったはずだ。だが、あんまり褒められると複雑な気持ちになった。石を飲み込んだように胃腸のあたりがもやもやと重い。

荷物棚に入れたお土産の袋を見上げる。駅前の店で笹団子を買っておいた。一花にあげるものだ。これまで帰省したり、旅行に行ったりしても一花にお土産を買って帰ったことはない。だが今回は少し申し訳ない気持ちがあった。お土産を買って帰ることで恩を帳消しにしたいと思っていた。

一花が造った酒を達樹の実家に持っていくことは、一花本人にも伝えていなかった。

もとは二人とも初心者だったはずだ。一花はぐんぐん成長し、万里子は全く進歩していない。この差が恥ずかしくて、一花に現状を打ち明けることができなかったのだ。

二人の差は一体何なのだろう。

達郎が言った言葉が頭に響いた。

――酒の味は家庭の味、女房の味。女に酒を造らせれば、女の正体が分かると昔から言われたもんだ。

言葉のとげが胸に刺さり、ちくちくと痛んだ。

一花には中身があるが、万里子にはないと言われているようだった。一花は恵まれない家庭で育っただけで、学ぶ機会さえあればぐんぐん成長する。万里子は優しい家族に囲まれて育ったが、いくら学んだところで上達しない。

窓に映る自分の顔を見た。すっきりとした輪郭から、つんとした鼻が出ている。クリスマスコフレに入っていたブラウンローズの口紅がよく似合っていた。

いくら着飾っても、芯のところで人間としてダメだと見抜かれてしまうような気がした。がらんどうな自分の中を誰にものぞかれたくない。自分が無敵のように感じる日もあるのに、ちょっとしたきっかけで、どうしようもなく気分が沈む。

新幹線はトンネルを抜け、窓から光が差した。新雪がきらきらと輝く。木立を黄色いものが走るのが見えた。ふわふわとした毛を風になびかせ、二頭の狐《きつね》が駆けていた。一頭が立ち止まり、こちらを見た——ような気がした瞬間、景色は流れていった。

万里子は目をこすった。幻のように美しい狐だった。

母方の祖母は、四国の山奥で育った。狐憑《きつねつ》きの一家と忌み嫌われ、村に居場所がなかった。周囲に認めてもらうために、酒造りの技を磨いたという。

祖母はよく、童謡の『小ぎつね』を歌って聞かせた。

『小ぎつねコンコン　山の中　山の中
草の実つぶして　お化粧したり
もみじのかんざし　つげのくし……』

しわがれた声で歌いきると、万里子の顔を舐めるように見て、「本当に、狐が化けたように綺麗な子だね」と言った。なるほど確かに、狐なのかもしれない。人間の形をしているだけで、本当は狐なのでした、と言えたらどれだけ楽だろう。

まっさらな雪景色をぼんやり見ていると、捨て鉢な気分になってきた。窓に映った自分の輪郭があいまいになる。

きっと大丈夫、やっているうちに上手くなる。万里子は自分にそう言い聞かせた。一花にもできたのだ。万里子にできないわけがない。

自宅に帰ってからも、万里子は自分にそう言い聞かせながら酒造りに励んだ。

昔から「一麹、二酛《もと》、三造り」と言われている。まずは麹が日本酒造りの基礎である。第二に酛、つまり酒母造り。米麹に蒸し米と水を足し、酵母と乳酸を加えて、アルコール発酵を進めていく作業だ。そして最後にもろみ造り。できた酒母に二倍、四倍、八倍の麹と蒸し米と水を入れ、かさ増しをしていく。

見直すべきは麹だろう。造酒本を買って様々なレシピを試してみたが、やはり出来上がりはよくない。

ついに万里子は、思い切って「タナカのこうじ」に手を出すことにした。

「タナカのこうじ」とは、出来あいの米麹である。冷暗所での保存が必要だが、適切な温度に保ってさえいれば、蒸し米に加えるだけで酒母の基礎になる。面倒な麹造りをスキップできるのは大きかった。

「タナカのこうじ」を使って造った酒は、なるほどいつもより飲みやすかった。泥臭い香りが薄くなり、さっぱりとした味わいに近づいた。それでもやはり「美味しい」とまではいえない。

酵母や乳酸を変えてみても、味に変化がない。

毎日、酒造りのことを考えると気分が沈んだ。蒸し米のにおいをかぐだけで、吐き気がする日もあった。

万里子は完全に行き詰まっていた。

一花に相談しようかと何度も思った。一花とは正月明けに会ったきりだった。

正月明け、帰省のお土産を渡すと、一花は大げさすぎるくらいに感激した。

「本当にいいの？　ありがとう。万里子ちゃんはいつも優しいね。ごめんね、うちは正月のあいだどこにも行っていなくて、何も渡せるものがないの。ほら、私の家はあれだし、トモ君も実家と折り合いが悪くて……きちんと旦那さんのお家に顔を出すなんて偉いね」

目を輝かせながら、しきりに万里子を褒める一花に嫌気がさしてきた。いい子ぶっているように思えた。

「私ね、最近はお味噌も自分で造ってるの。麴がもとになってるのは一緒だから、日本酒が造れれば、味噌も造れるよ。味噌汁が美味くなったって、トモ君も喜んでくれてね……」

実際に一花は良い子なのだ。純真で頑張り屋で我慢強い。一花のそういうところが、万里子は嫌いだった。

顔を合わせるたびに、自分が惨めな気持ちになる。だからもう会いたくなかった。

だが二月に入ってすぐ、義母の照子が電話をかけてきた。あの酒をもう一度欲しいと言う。万里子は仕方なく一花に連絡をとった。

酒を分けてくれないかと頼むと、一花はいぶかしがるように言った。

「いいけど……なんで？」

「一花の造るお酒、すごく美味しかったからまた飲みたいなと思って」

「ええーでも、私のなんて、大したことないよ。講座で知り合った安藤《あんどう》さんって分かる？　あの強めのパーマの人。あの人なんか、四十万円もする保温器を使って麹を造ってるのよ。ちょっとおすそ分けしてもらったけど、すごく味がよかったし……」

一花は酒造り講座の上級者コースに通い始めていた。受講料すらへそくりで出していたというのに、美味しいお酒を造るようになってから、夫のトモ君が優しくなり、上級者コースの受講料を出してくれるようになったという。

「一花のお酒がいいのよ。お願い。材料費も払うからさ」

「材料費は別に要らないけど……」言葉の端に不満がにじんでいる。「今度、万里子ちゃんのお酒も飲ませてね」

一花はそそくさと電話を切った。

酒造りを通じて友人の輪が広がっているらしく、最近は万里子が遊びに誘っても三度に一度は断られるようになった。

一花のくせに――と、心のどこかで思ってしまう。だがそういうことを思っているからこそ、美味しいお酒ができないのかもしれない。万里子は必死に、負の感情に蓋をしようとした。

照子からの要求は次第にエスカレートしていった。

最初のうちは「お父さんがまた飲みたいと言って」だったものが、「ご近所さんにおすそ分けをしたくて」になり、「町内会の集まりに持っていきたくて」になった。

そのたびに万里子は一花に頼んで、酒を造ってもらった。

「いいけど、今月は材料をそろえるお金がなくて……」

一花がそう言い始めたタイミングで、材料費は万里子が出すことになった。もともと材料費は出すつもりだったから問題ない。だが実費だけぽんと渡しておしまいにするわけにはいかない。少し色をつけて渡すことになる。万里子にとっても痛手だった。

早く自分で造れるようにならなくては。気持ちだけが焦った。訳もなく気分が落ち込んだり、いらいらしたりする日が続いた。

四月初旬のある日のことだ。一花から会いたいと連絡があった。散々お酒をもらったから、断るわけにもいかず、駅前のカフェで落ち合った。

一目見た瞬間から、違和感があった。いつも垢ぬけない格好をしている一花が、真っ白なレースワンピースを着ている。デパートで売っているような良質なものだ。量販店のセールでぺらぺらの服を買っていた以前の一花とは大違いだった。

「ねえ、万里子ちゃん。これ見て」

カフェのメニューを開きもせず、一花はスマートフォンの画面を差し出した。

SNSの投稿が映されている。江戸切子の涼やかなグラスを片手に一花が微笑んでいる写真だ。いつもの遠慮がちな笑顔ではない。賞賛を期待するような晴れやかな笑みである。

「お酒造りの講座のアシスタントを始めたの。夏頃からは、私にもクラスを持たせてくれるんだって。あの講座から独立して、自分のお教室を始める人も多いんだよ。私もそのうち自宅で教室を開きたいなって思って、最近は貯金も始めてね」

こちらが相づちをうつ暇もなく、一花は話し続ける。

「SNSも始めて、色々投稿してるの。あっ、万里子ちゃんも一緒に撮ろうよ」

「えっ、今日は化粧のノリも悪かったから……」

「大丈夫だって、万里子ちゃんはもともと美人だから」

一花は遠慮なくスマートフォンをかざし、自撮《じど》りモードに切り替えて、パシャッと写真を撮った。

万里子の写りは明らかに悪かったが、撮り直しを頼む気にもなれなかった。

「あ、それでね。教室を手伝っていく以上、お酒を人にあげるのはNGになっちゃったの。あの人にはあげた、あの人にはあげてない、とか。生徒との間で揉め事のもとになるんだって。だからごめんね。万里子ちゃん、いつも私のお酒を喜んでくれてたのに……」

立て板に水のように話し続ける一花を、万里子は茫然《ぼうぜん》と見つめていた。

高校時代からずっと根暗だった一花が、人が変わったように精力的になっている。何かにとり憑かれているかのようだ。

一花のSNSアカウントのプロフィール欄には「SAKEコーディネーター」と書かれ、その隣には徳利《とっくり》の絵文字が添えられていた。

以前なら「一花のくせに」と思っていたが、もう不思議と、嫌な気持ちにはならなかった。一花なりに情熱を注げるもの、輝ける場所を見つけたのだ。すごく良いことだし、一花が幸せならそれでいい。素直にそう思った。

一花と比べて自分には何もない。それが惨めだった。他の同級生のように仕事をしているわけでもない。子育てをしているわけでもない。優しい夫のもとで、最低限の家事だけして生きている。これじゃほとんどペットと同じだ。

心に刺さったとげが、じくじくと痛み続けていた。疲れるから外で働きたくない。お気楽な専業主婦がいいと自ら選んだ。甘やかされることに躊躇はなかった。楽しいことだけして暮らしていたかった。誰かの役に立たなきゃだなんて、考えたことがなかった。それなのに今では、誰かの役に立たないと自分の価値がないような気になっていた。

一花は紅茶を一杯飲むと、さっさと帰っていった。残された万里子は衝動的にレモンタルトを注文した。酸味が美味しい。もう一つ注文して食べる。止まらなくなり、さらにもう一つ食べる。

腹が張って気持ちが悪かった。腹ごなしに駅前のロータリーをうろうろしていると、タクシー乗り場の脇にフリーペーパーのラックが置いてあることに気がついた。

地元の情報誌の横には「一人で抱え込まず、何でもご相談ください――家庭料理醸造支援課」と書かれたチラシがあった。万里子はチラシを食い入るように見つめた。いつの間にか、一枚手にとり、皺《しわ》ができるほど握りしめていた。

相談窓口は市役所の中にあるらしい。ここからバスで停留所三つぶんの距離しかない。万里子はずんずんと歩き出した。元気が出てきたわけではない。砂漠の中で、オアシスの存在を知ったときのようだった。藁《わら》にもすがる思いとはこのことか、と妙に冷静に思った。

市役所に入ると、総合案内に素早く目を走らせた。階段ですぐに二階へとあがる。

住民税、年金、健康保険の窓口が並び、生活支援課、子育て支援課が続く。家庭料理醸造支援課はその奥にあった。

脇目もふらずに歩いていき、なだれ落ちるように椅子に腰かけた。職員はしばらくやってこなかった。万里子は気にすることもなく、うなだれていた。

「あのう、どうされたんですか」

さらに奥の生涯学習支援課の職員が顔をのぞかせていた。

「お酒を造るのがつらくて……」

絞り出すように言った。すると職員は奥の勤務スペースを一瞥《いちべつ》して「担当者を呼んできますね」と言って奥に下がっていった。

出てきたのは、四十代後半と思われる女性職員だった。ふくよかな身体を揺らしながら正面の席にかけた。

「お酒を造るのがつらいんですってね」

「はい」

「旦那さん、そんなに飲まれる方なの？」

「夫は酒を飲みません。ただ義父が酒飲みで、義母も色々と理由をつけて酒を要求して……」

「酒を要求だなんて。あなたのお酒が美味しいから、皆が欲しがってるってことでしょう？　美味しいお酒を造れるなんて良いことじゃない。最近の若い人はまともに酒を造れやしないんだから」

女性職員はため息をついた。身体をカウンターに乗り出し、声をひそめた。

「実はね、ここの窓口にも、そういう娘さんからの相談が多くって、こりごりなのよ。あなたみたいに、義父母から酒を求められるなんていうのは、よく頑張っているってことよ。自信をもちなさいな」

「いや、そうではなくて……私はお酒を造るのが下手で……」

「でも義父母はあなたのお酒を欲しがっているわけでしょ？　あなたのお酒が美味しいってことよ。一家の主婦として、それほど立派なことはないじゃない」

万里子はわっと泣き出した。どう説明していいのか分からなかった。

女性職員は慣れているのかもしれない。淡々とした口調でなだめた。

「あなた、疲れているのよ。宅配蒸し米サービスを利用したらどう？」

「宅配蒸し米、ですか？」万里子は顔を上げた。

「えーっと、世帯年収は九百万円以下ですか？」

女性職員は手元の書類に視線を落としながら、事務的に訊いた。

「はい」

「両親や義父母とは同居していないの？」

「していません」

「じゃ、家で酒造りをしているのはあなただけ？」

「はい」

「お子さんは？」

「いません」

女性職員はラックから小冊子を抜き取って、万里子に差し出した。優しい黄緑色の小冊子の表紙には、「上手な時短醸造で、自分の時間をつくろう」と書いてある。丸みのある緑色の文字だ。

「宅配蒸し米の利用可能世帯ですから、使ってみてください。有料ですけど、手間暇が省けて、少しは心の余裕ができると思いますよ。子供がいたら無料なんだけどね……あなたのおうちは、子供もいないんだから、まだましでしょ。宅配蒸し米で浮いた時間を使ってエステに行ったり、友達と遊びに行ったりさ、息抜きをしなさいよ」

万里子はその場で「宅配蒸し米サービス」の申込書に記入した。再来週から週に二回、蒸し米を届けてくれるという。

「春と秋は四十度、夏は三十五度、冬は五十度に保ってお届けするから、届いたらなるべくすぐに使うようにしてくださいね。夏場なんか、放っておくと食中毒の危険もありますから」

女性職員の言葉に、万里子は力なくうなずいた。

元気は出なかったが、大きな一歩だった。重い足をひきずりながら家に帰ると、ソファに横になった。最近は眠気がひどい。

夕飯を作る余力がなかった。夕飯の用意ができていなくても、達樹は怒らない。だがそうやって甘やかされている自分が嫌だった。生まれてからずっと、誰かに甘やかされてきた。甘やかされたことで芯の部分が腐り、抜け殻のような人間ができあがったのだ。

ふいに、スマートフォンが鳴った。

重い身体を起こして鞄《かばん》を引き寄せる。義母の照子からだった。

「ねえ万里子さん、今度のゴールデンウイーク、うちにいらっしゃる予定だったわよね？　お酒、持ってきてくださらない？」

「はい、分かりました」弱々しく応じて電話を切った。

一花はもう、酒をくれない。万里子が自分で造るしかない。鞄をひっくり返して、「宅配蒸し米サービス」の小冊子を取りだす。

『一人で抱え込んでいませんか？　時には手抜きをすることも大切です。余裕ができれば笑顔が生まれる。あなたの笑顔が旦那様、お子様、ご家族を照らします……』

小冊子を握りしめると、頭の中で祖母のしわがれた声が聞こえてきた。

『小ぎつねコンコン　冬の山　冬の山
枯葉の着物じゃ　ぬうにもぬえず
きれいなもようの　花もなし……』

「うるさいっ」

独り言をもらして痛む頭を抱える。耳をふさいでも歌は聞こえてくる。一体誰が歌っているのだろう。世の中の誰もかれもが歌っているように感じる。頭の中に棲《す》みついて離れない。

頭を抱え丸まった姿勢のまま、万里子はいつの間にか、眠ってしまった。

明け方目が覚めると、腰から下にはブランケットがかかっている。達樹がかけてくれたのだろう。

頭が痛む。こめかみを押さえながら起き上がり、キッチンに立ってミネラルウォーターを飲んだ。喉が渇いてたまらない。

「大丈夫？」

達樹が寝室から顔をのぞかせた。

「最近、無理しすぎじゃない？」

万里子は首を横にふった。「大丈夫だよ」

「酒造り、もうやめたら？　前みたいに市販の酒を買って飲めばいいじゃん。親父にもおふくろにも、俺から言っておくから――」

「あなたは男だから、そんなこと気軽に言えるんでしょ！」

「なんで急に怒るんだよ。前は『私、市販のお酒しか飲まないの』って涼しい顔で言ってたじゃん」

「でも、それをあなたが結婚式の二次会でネタにしたせいで、いまだに職場で冷やかされてるんでしょ。課長から『お前の嫁さん、市販の酒で晩酌してるんだろ。ブルジョアだなあ』って嫌味を言われてるって。同期の高木《たかぎ》さんの奥さんから聞いて、知ってるんだから」

「課長が何と言っていても、俺は別に気にしてないし」

「私が気にするのよ。私の悪口なんだから。毎日スーパーでお酒を買っているようじゃ、添加物だらけで身体に悪いし」

「市販の酒だからって添加物だらけってことはないだろ」

「でも、はす向かいの田所《たどころ》さんは、奥さんが亡くなってから毎日スーパーのお惣菜《そうざい》と、レンチンのお米で暮らしていて、高血圧がひどくなったそうじゃない」

「お惣菜やお米と、酒は違うだろ」

「お惣菜もお米もお酒も同じじよ。全部家でつくったほうがいいに決まってるじゃない。そりゃ時には手抜きをすることはあるけど、毎日出来あいのお酒ってわけには……」

「でも、最近の君は体調が悪そうだ。吐き気がするといってご飯も食べないし――」

達樹の視線が、万里子の身体の上を泳ぎ、腹のあたりでとまった。

「おい。そういえば、最近生理は？」

万里子はハッとして、自分の腹を見下ろした。

日々の忙しさですっかり忘れていた。目を泳がせながら最後に生理がきた日を思い出す。もう二カ月以上も前のことだ。

「もしかして、私」

つぶやきながら、腹をさすった。外側からは何も分からない。この中には命が宿っているのだろうか。がらんどうだった自分の中に何かが芽生えた気がした。

3

万里子は正座をして、おそるおそるお酌をする。

自分としては会心の出来だった。味わいの深さは一花の酒に及ばないものの、すっきりとした辛口の酒を造れた。

義父の達郎は一口飲むなり、「味、変わったか?」と怪訝そうな顔をした。

「ちょっと、材料から見直しているところなんです」

「俺は前の、優しい感じの味のほうが好きだったな」

「あなた、やめなさい」照子がたしなめた。

「いえ、いいんです」

そう言って、万里子は下を向いた。

女に酒を造らせれば、女の正体が分かる、とはよく言ったものだ。一花が造れば優しく深みのある味ができ、万里子が造ると人を突き放すような冷たい味になる。万里子の気の強さが酒の味にも表れている気がした。

「親父、おふくろ、酒造りを万里子に頼むのはもうよしてくれないか。万里子もかなり参っているみたいなんだ」

驚いて達樹を見た。酒造りをやめたいなんて一度も言ったことがない。

「達樹さん、私は別に大丈夫だから」

「万里子は相当疲れてるんだ。宅配蒸し米を上手に使って頑張ってるけど、それも限界だよ。最近はずっと『タナカのこうじ』を使っているくらいで」

万里子の酒造りに達樹が口出ししたことはない。達樹に相談したこともない。達樹は達樹なりに、万里子を心配して、観察していたのだ。

達郎は手元の酒をまじまじと見つめた。

「だから前と比べて、味が落ちたのか。うちはずっと麴から手造りで、『タナカのこうじ』を使ったことがないからな……」

「それはともかく、万里子はもう自分だけの身体じゃないんだ」

達樹は万里子の腹に視線を落とした。

「えっ、もしかして」照子が手のひらで口元を隠した。

「はい、もうすぐ四カ月みたいです」

「まっ、おめでとう」照子は無邪気に声を上げた。

達郎は目を見開いて、裏返った声で言った。「は、初孫か?」

それからは、近所から苦情が入るのではないかというような大騒ぎになった。「めでたい、めでたい」と騒ぎながら達郎は急ピッチで飲み続けた。二時間ほど経ってやっと、赤ら顔で机の上に突っ伏した。

達樹が達郎の肩をかかえ、寝室へと運び出す。

二人が居間から出て行くタイミングで、照子がそっと声をかけてきた。

「万里子さん、いらっしゃい」

照子は口元にいたずらっぽい微笑を浮かべている。一体なんだろうと思いながら、万里子は照子を追った。

照子は台所に入ると、床にしゃがみこんで、床下収納庫を開けた。

そこには、「タナカのこうじ」がずらりと並んでいた。すぐ横には「ムトウのごはん」も大量に置かれている。

「昔から使ってるのよ。あの人、気づかないけどね」

立ちあがった照子は戸棚を開け、一番下の段から桶《おけ》を取り出した。

「もうね、蒸し米も使わないの。『ムトウのごはん』をチンして、『タナカのこうじ』を加えて、水をたっぷり入れて、桶ごと布で包んで、炬燵に入れておくの。それで、後は一日一回かき混ぜるだけ。昔からのやり方だけど、これが一番楽なのよ」

「乳酸や酵母はどうしてるんですか？」

「手でかき混ぜると、自然に存在する乳酸菌や酵母が混入するから、それで十分なのよ」

頭の上から雷が落ちたようだった。

これまでどうして、市販の合成乳酸や酵母を使っていたのだろう。あれこそ添加物だ。時短のために「ムトウのごはん」や「タナカのこうじ」を使うのは仕方ない。米を用意したり麹を造ったりするのには手間暇がかかるからだ。けれども、乳酸菌や酵母は自然に存在する。それを使わずにわざわざ人工のものを加えていた。きっと身体にもよくないはずだ。

「妊娠中は造ったお酒の味見も最小限になるしね。自分が食べられない米を炊き、自分が飲めない酒を造るから、大変よね。くれぐれも無理をしないようにね」

照子は優しく言ったが、万里子は首を横にふった。

「いえ。大丈夫です。ありがとうございます」

家に帰ると早速、万里子は教わったやり方を試してみた。

一口味見すると、なるほど乳酸の酸っぱさが減って、まろやかな味わいだ。一花はおそらく、市販の合成乳酸を使っていないのだ。だからああいう優しい味になる。

自分にも造れる。そう思うと、腹の底から力が湧いてきた。自分にもできる。たまらなく嬉しかった。

にやけながらキッチンに立ち尽くしていると、後ろから声がかかった。

「万里子、何してるんだ。電気もつけずに……」

達樹がのぞきこんだ。

「えっ、お前、また酒を造ってんの？　妊娠中なんだから、酒を飲んだらダメだろ」

「ちょっと味見するくらいなら大丈夫だから」

「親父にはきつく言っておいたから、もう実家に酒を送らなくてもいいんだよ」

「でも今度、お義母さんのパッチワークの展示会で振舞い酒をするらしいの。ある程度まとまった量のお酒が必要になるから、お義母さんが一人で造るのは難しいんだって」

達樹は頭をかいた。

「なんだよ。お前もおふくろもおかしいよ」

そう言うと、達樹は寝室へ入っていった。乱暴に扉が閉まるのが聞こえる。

万里子は気にならなかった。男の達樹には分からないのだ。手づくりの大切さや、楽しさが。

スマートフォンを取り出して、ＳＮＳをチェックする。一花の投稿があった。酒蔵を訪問している。自分のクラスを持つための準備だそうだ。

蒸し暑くなってきたのに、一花は長袖のブラウスを着ていた。腕にはあざがあるのだ。この前会ったとき、こっそり見せてくれた。

「トモ君、最近機嫌が悪いの。私が外で働き始めたのが気に食わないみたい。変だよね。家族に喜んでもらおうと思って酒造りを始めたっていうのに、本格的に造りだすと急に反対に回るんだから……」

一花はもう、昔の一花ではない。「トモ君の言いなりにはならない」と力強く宣言していた。

「自分のクラスを持てば、一人暮らしできるくらいの稼ぎにはなるからさ。いざっていうときは、家を出るんだ」

一花は、ふふふ、と笑った。悪だくみをしている子供のような笑顔だった。こっちが本来の一花なのかもしれない。

寝室のほうを振り返った。扉はぴったりと閉じられている。

どうして達樹は理解しないのだろう。万里子は酒造りを嫌々やっているわけではないのに。誰に命令されたわけでもない。自ら楽しんで主婦の務めを果たしている。

祖母のしわがれた声が頭の中に蘇り、壊れたラジオカセットのように繰り返し流れた。

『小ぎつねコンコン　穴の中　穴の中
大きな尻尾は　じゃまにはなるし
小首をかしげて　かんがえる……』
雪の中に見た狐の姿が忘れられない。あの日から、『小ぎつね』の歌が耳の中にこびりついている。最初は嫌だった。だが最近は、頭の中で流れるたびに自ら声に出して歌うようにしている。
「小ぎつねコンコン
山の中　山の中
草の実つぶして　お化粧したり
もみじのかんざし　つげのくし……」
手鏡を取り出して、顔を見る。アイメイクもリップも完璧だ。薄く笑って、酒の火入れに戻った。
大鍋に酒を入れて火にかける。低温殺菌の適温は六十二度から六十五度だ。以前は温度計を使っていたが、今の万里子には不要である。
鍋の中に中指を第一関節まで入れ、「の」の字を書く。熱さに耐えてぎりぎり「の」の字を書き終えることができるくらいの温度がベストとされている。
まだ余裕で「の」の字が書ける。四十度くらいだろう。もっと耐えて、ぎりぎりのところで、火からおろすのだ。

4

パッチワークの展示会当日、振舞い酒は大盛況だった。出品している主婦たちはそれぞれに自家製の酒を振舞った。

照子の前には長蛇の列ができた。手伝いに出た万里子は、その様子を満足げにながめていた。

「美味しいわねえ。プロ顔負けだわ。お店を出せそう」

「それがねえ、私はもう身体がきついから、うちの嫁が造ってくれたのよ」

「あら、できたお嫁さんをもらって、照子さんも幸せ者ね。老後は安泰よ」

照子は友人たちと会話に花を咲かせている。

嬉しそうな照子の顔を見ていると、万里子も嬉しくなった。

酒の造り方を照子から教わって正解だった。長年の主婦の知恵、上手な手の抜き方があるものだ。何でもかんでも完璧にこなすのは難しい。上手に楽をして、そこそこ美味しいものを振舞えばそれでいい。

弱々しく振舞う照子には、結婚当初から反感を抱いていた。だが酒造りを通して照子のことがぐっと好きになった。「タナカのこうじ」を常備している照子に、親近感を覚えたからかもしれない。

トイレに席を立ったとき、照子のことを悪く言う声も小耳に挟んだ。

曰《いわ》く、「あそこのは手抜きよ。だって『タナカのこうじ』を使ってるうえに、蒸し米の用意すらしてないのよ。お惣菜を買ってきてお皿に並べただけ、みたいな醸造じゃない」

そんな陰口は一向に気にならなかった。

現に美味しいお酒ができあがり、盛況を極めているのだ。

照子の展示ブースに戻ろうと歩いていると、目の端に人だかりが見えた。隅っこのほうの展示ブースに行列ができている。照子の前の行列に負けず劣らず、長い列だ。

「まあ、美味しい」

「美味しいわね、ほんと」

「こんなに美味しかったかしら」

「すごいわね、これ」

弾む声が折り重なるように発せられる。

震源地が気になって、万里子は人だかりのほうへ近寄った。行列の最後尾に並ぶ。列が短くなるにつれて、心臓が高鳴った。

とんでもなく美味しい自家製の酒が出てきたらどうしよう。

やはり手抜きの酒はダメだと、自信をなくすことになるのだろうか。

想像すると一目散に逃げ出したくなったが、確かめないわけにはいかなかった。

ついに先頭まで来た。

酒を振舞っていたのは、眼鏡をかけた女だった。飾りっけなく髪を一つに結んでいる。いかにも仕事ができそうな雰囲気だ。

「あ、少しだけで大丈夫です」

なみなみと酒を注ごうとする女に言った。透明のカップを受け取り、ほんの少しだけ舐める。

「う、うまっ」

思わず声が漏れた。

すっきりと飲みやすいのに華やかな味わいだ。ほどよくコクがあり、バランスがとれている。これ以上ないほどの均整美だ。少しでもずらすと全てが崩れてしまいそうなほど完璧である。

「これ、どうやって造ったんですか。教えてください」

詰め寄るように女に言った。女の顔に戸惑いの色が浮かぶのが分かった。

そりゃそうだ。ここまで磨き上げられた味だ。秘伝のレシピがあるに違いない。初対面の他人に教えてくれるわけがない。

「えっ？　いや、これは……」

女は口ごもりながら言った。

「市販のお酒ですよ。スーパーで買った、『ワンカップ小結』ってやつ」

万里子はカップの中の透明な液体をまじまじと見つめた。

「し、市販のお酒……って、こんなに美味しかったんだっけ」

眼鏡の女は照れたように笑いながら言った。

「私、市販のお酒しか飲まないの。だって、市販のお酒のほうが美味しいから」

身体からスコンと何かが抜けるような音がした。体重が五キロくらい軽くなった気がした。肩こりが治り、腰の痛みがなくなり、足取りが軽くなる。悪い憑きものが落ちたようだった。

その日以来、『小ぎつね』の歌は聞こえなくなった。

# 三. シレーナの大冒険

冷和二十五年「南極条約の取扱いに関する議定書（通称：南極議定書）」

1

水の中を泳ぐ。尾びれを動かす。流れていく色彩が心地よい。

サンゴ礁のまわりに、真っ青なスズメダイが集まっている。その隙間から夕日のようなベニゴンベが飛び出してきた。カンザシヤドカリが穴から顔を出す。うんと手をのばして、小さく握手をすると、恥ずかしそうに引っ込んでいった。

身体をねじって、仰向けになる。水面の上には突き抜けるような空が見えた。海中から見る空は、どこまでも明るくて好きだ。

鱗《うろこ》に覆われた下半身が太陽の光を浴び、きらきらと輝いた。エメラルドグリーンの鱗はシレーナの自慢だった。カンクハ村にはシレーナのほかに、十六人の歩行型人魚《ウオーキング・マーメイド》がいる。その中の誰よりも美しい鱗だった。

身体を覆うほど大きな影が水面に落ちた。

上空にカーゴピジョンのロッティがいるようだ。

身体をねじりながら、尾びれを使って飛び跳ねた。シレーナが水面から顔を出すと、ロッティは嬉しそうに「キュー！」と鳴いた。

ロッティは水面すれすれを飛んで、足先で水しぶきを飛ばしてきた。シレーナも尾びれの向きを変えて、水を飛ばし返す。

追いかけっこをしながら、港まで泳いでいった。

ロッティと出会ったのは、十年前、シレーナが六歳のときだ。

貨物運搬用大鳥《カーゴピジョン》のくせに、小柄でひ弱だった。重い荷物を運ぼうとすると、フリーズしてしまう。そのせいで処分場《ダストボックス》に送られそうになっていた。

カンクハ村では毎週土曜の朝に市場が立つ。その帰りのことだった。脚を縛られ、荷台に乗せられたロッティと目が合った。シレーナの母、エンジェルに頼み込んで、買い取ってもらったのだ。それ以来、シレーナの一番の親友だ。

木製の桟橋の端に手をかける。腰を浮かして地面に乗りあがった。

尾びれを地面につけると、みるみるうちに股が割れた。できあがった両脚を見つめて、動かしてみる。ここ数日は調子が悪かった。

ロッティが首をかしげ「キュッ？」とのぞきこむ。

「大丈夫だよ。今日はちゃんと動く」

そう言って、ロッティの背中をなでてやる。ロッティが身体を低くした。「乗せてやる」という意味だ。シレーナはロッティの背中に乗り、首のまわりに手をかける。

ロッティが翼をはばたかせ、勢いよく飛び立った。カンクハ村の赤茶けた屋根がずらりと見える。ロッティが角度をつけて滑空した。屋根のすぐ近くを飛ぶと、風にあおられた瓦がカラカラッと揺れた。土埃が舞い上がる。

「風って、どんな感じなんだろうね」

シレーナはつぶやいた。

「水の冷たさって、どんな感じなんだろう」

ロッティは広場にすうっと舞い降りた。シレーナはロッティから飛び降りる。両手でロッティをなでてやり、鳥小屋《ピジョンスポット》に入れると、急ぎ足で歩き始めた。

長老の家に向かう必要があった。公園から十分ほど歩いた先、大きなトゥーレの木の下に長老タダノは住んでいる。

木材と土でできた簡素な小屋だ。入り口の御簾《みす》を持ち上げると、参加者はみな揃《そろ》っていた。

「遅いぞ、シレーナ」

タダノは重々しい口調で言った。だが全く威厳はない。七歳か八歳くらいの女児の姿をしているからだ。珍妙な短いスカートをはいて、あぐらをかいている。白い下着がのぞいているが、もはや誰も気にしていない。

囲炉裏のまわりには、タダノのほかに、レオンとヤンがいた。

レオンは巨大な黒猫の姿をしている。しっぽがハート形に曲がっているのが特徴的だ。

ヤンは執事服を着た男の姿だ。身長が高く、顔もきれいだ。

ヤンと目が合うと、どうしてだか顔が赤くなる。この世界には、二人から三人の「運命の人」が設定されているらしい。シレーナにとってヤンがそれなのではないかと思っていた。だが、ヤンも同じように思っているかは分からない。恥ずかしくて本人に尋ねることはできなかった。

「エンジェルの調子はどうだ？」

タダノが訊いた。

シレーナは首を横に振った。「まだ祭壇で眠ったままです」

「もう一カ月になるんじゃないか」レオンが言った。

「まだ二十九日です。母は三十日で帰ってくると言っていました。きっと大丈夫ですよ」

エンジェルは無事に帰ってくると信じていた。むやみに心配しないように自分に言い聞かせて、いつも通り過ごしてきた。

「われらがメタティカ共和国に大きな闇が迫りつつある」

タダノが言った。

「アカアシウサギの森は粉々になって、消えてしまった。ポポタクトルの山は黒く塗りつぶされている」

「固まって動かなくなった村人もいるわ」

シレーナが口を挟んだ。

「そうだ」タダノがうなずく。「世界全体がぎこちなく、崩壊していっている」

世界には二種類の者がいる。バービーとフィービーだ。

シレーナを含め、大多数の者はバービーである。

わずかしかいないフィービーたちは尊敬を集めていた。不思議な力を持っていたからだ。

彼らは目に見えないもの、耳で聞こえないものを感じることができる。水の冷たさや風の心地よさ、太陽の光の暖かさ。食べ物からは匂いや味というものが分かるらしい。

カンクハ村には四人のフィービーがいた。

タダノ、レオン、ヤン、そしてエンジェルである。

四週間前、エンジェルがフィーワールドに旅立っていった。

フィーワールドとは、この世界の裏側にあるといわれる不思議な世界だ。

この世界がおかしくなったのは、フィーワールドに原因がある。フィービーたちはそう考えていた。エンジェルがフィーワールドに旅立ったのも、異変の原因を探るためだ。

シレーナのようなバービーはフィーワールドへ行くことができない。だがエンジェルらフィービーは、特殊なまじないとともに祭壇で眠りにつけば、フィーワールドをのぞくことができる。

「フィーワールドってどんなところ？」シレーナが身を乗り出した。

ヤンがため息をついた。

「とても疲れる場所だ。この世界のほうがずっと良い」

「そうなのかなあ。行ってみたいな」

エンジェルから聞かされるフィーワールドの話は、驚きに満ちていた。

人のかたちは時間によって徐々に変化する。爪が伸びたり、髪が伸びたりする。なんと髪が抜けることもあるのだそう。つい数年前に会った人が、全然違う姿かたちで現れたらどうするんだろう。どうしてその人だって分かるのか不思議だ。

「自然と分かるものなのよ。心のかたちが一緒だから」

エンジェルはそう言っていた。やっぱりフィービーはすごい。目に見えないものが分かるんだから。

シレーナはフィービーの母とバービーの母から生まれた。そういう場合、子供はバービーになる。

向かいの家のヨークというバービーには、フィービーの父が一人と、バービーの母が二人いる。この場合も子供はバービーになる。

複数の親のうち一人でもバービーがいると、子供はバービーになる仕組みなのだ。だからこそフィービーは珍しい。

「とにかく、エンジェルに何かあったら、すぐに教えてくれ」

タダノは腕を組んで言った。

「何かって、例えばどんなこと？」

シレーナが訊くと、タダノは押し黙った。レオンとヤンは気まずそうに視線を交わしている。

「ねえ、みんななんで黙ってるの？」

レオンが首を左に二回、細かくかしげた。困ったときにレオンが行う仕草だ。

それを見て、頭がカッとなった。

彼らは何か隠していると直感した。

「ねえってば」

一番近くにいるヤンの肩をつかもうとする。シレーナの手はヤンの肩を突き抜けた。勢いあまって前にこける。シレーナの身体はヤンの上半身と重なった。ヤンの腕からシレーナの頭が飛び出ている。

「なんで避けるのよ！」

シレーナは立ち上がり、ヤンをにらみつけた。

「フィービーだからって、何でもしていいってわけじゃないでしょ！」

透過《スケルトン》オプションはフィービーだけが使える。だが使うと失礼である。使われた側は、自分が幽霊になったかのような錯覚をおぼえるからだ。

仲のよい者同士がふざけあって、透過オプションで身体を重ねることはある。でもシレーナはこれまで誰かと身体を重ねたことなどなかった。

怒りで肩がふるえた。

「君は落ち着いたほうがいい」

ヤンが冷たく言った。

目を見開き、ヤンの顔をじっと見つめる。ヤンは初期設定のまま、無表情だ。

「知らない！　フィービーのことはフィービーで解決すればいいんだわ」

長老の家を飛び出した。広場まで駆け下りていく。急に素早く動いたせいで、左の膝の動きがぎこちない。やはりまだ完治していないのだ。

誰かが追ってくるかもしれないと思ったが、誰も追ってこなかった。構いやしなかった。

左脚が、足先から黒くなっている。ブラックアウトだ。牛飼いのアデリダばあさんはこうやって真っ黒になってしまった。あのときも急に動いたからだった。

もうどうなっても知らない。走り続けた。

鳥小屋についた。飛び込んできたシレーナを見て、ロッティは「キュッ？　キュッ？」と首をかしげた。なでることもせず、ロッティの手綱を引いて外に出る。ロッティは落ち着かなそうに翼を二度、三度と動かした。

「ほら、早く」

背中に乗って、翼の付け根を叩く。ロッティは身震いをした。シレーナの様子がおかしいと思っているのかもしれない。戸惑ったようにこちらを振り返る。一向に動き始めない。

「早くったら！」

さらに強く叩くと、ロッティはびっくりしたように瞬《まばた》きをして、ゆっくりと翼を動かし始めた。

自宅へと急いだ。胸騒ぎがした。

気配を察したのか、ロッティはいつもより力強く荒々しく飛んだ。まもなく自宅についた。

ロッティを自宅脇につなぐと、祭壇へ急いだ。

北向きの奥の部屋に祭壇がある。蓋のない棺桶のような木製の箱だ。

一歩二歩近づき、恐る恐るのぞきこむ。

エンジェルが、四週間前と同じ姿勢で横たわっていた。翼が生えた女性型のフィービーだ。顔はせいぜい二十歳くらいにしか見えない。真っ白なボディスーツに身を包んでいる。

目はきつく閉じられていた。腹部をよく見ると、膨らんだりへこんだりしているのが分かる。きちんと息をしているのだ。

その安らかな顔を見て、シレーナは大きく息を吐いた。

エンジェルに異変はない。ほっと胸をなでおろす。

タダノたちは一体、何を心配しているのだ。

もちろんシレーナも内心では不安だった。毎朝起きてすぐ、エンジェルの様子を見に行く。朝ごはんの後も、昼ごはんの後も見に行く。

一人でごはんを食べるのはみじめだった。食べないと動けなくなるから、食べる。けれどもフィービーたちのように食事自体を楽しむことはない。シレーナにとっての楽しみは、食事をしながらエンジェルといろんな話をすることだった。

エンジェルの話はいつも面白かった。シレーナは寝る前に、しきりに話をねだった。エンジェルは適当なおとぎ話をしてくれるのだ。

あるところに、丸いりんごみたいなかたちをした世界がありました。地面がずっとつながっていて、球のようになっているから、「地球」と呼ばれています。

「なにそれ、変な名前！」シレーナが笑うと、エンジェルも微笑んだ。

地球にはいろんな生き物が肩を寄せあって暮らしていました。球のかたちをしているせいで、地面の広さが限られています。ときに生き物たちは縄張り争いのために殺し合いをすることもありました。

「変なの」

「地面の広さが足りないなら、広げればいいじゃん」

「それができたらいいんだけどね。地球ではそれができないんだよ」

殺し合いから何とか逃げてきた生き物たちは、地球の端っこで国をつくります。南の端にあるから「南極」と呼ばれる場所でした。

「球のかたちをしてるんだよね？　端っこなんてないんじゃない？」

「どういうわけか南極は端っこなんだよ」

南極は生き物にとって過酷な場所でした。ですが生き物たちは協力しあい、平和な世の中を築きましたとさ。

「ええー、何それ。よく分からない」

シレーナは口を尖らせた。エンジェルの話はいつも不思議だ。間をすっ飛ばして急に終わることもあるし、終わっていないのに「もう終わり」と打ち切ることもある。でも、そのまとまりのなさが逆に刺激的だった。

エンジェルは「もう寝なさい」と言って、シレーナの髪をなでた。その途端、急に眠気がおそってきた。いつもそうだ。エンジェルの手は魔法の手なのだ。翌日までぐっすり眠る。ロッティが鳴き始めるまで目覚めることもなかった。

だが今は——もちろん夜は寝ている。ひとりでも寝られる。途中で何度も起きてしまうだけだ。悪い予感がして目が覚める。慌ててエンジェルの様子を見に行く。相変わらず寝ているエンジェルの姿を見て、胸をなでおろす。その繰り返しだ。

シレーナのもう一人の母、バービーのほうの母はすでに亡くなっていた。シレーナが幼い頃に、寿命を迎えたからだ。寿命はあらかじめ設定されていたし、避けられないのは分かっていた。エンジェルとともに丁寧にお別れした。

それ以来、シレーナはエンジェルとたった二人で暮らしてきた。

「早く帰ってきてよ」

祭壇で眠るエンジェルに声をかける。当然返事はなかった。

夕方五時の鐘が鳴った。ゴーンゴーンと太く響く音だ。ため息をついて立ち上がる。ロッティに餌をやる必要があった。

バケツに餌を用意して外に出る。さっきは急いで帰ってきたからロッティも驚いただろう。つらくあたりすぎたかもしれない。

家の脇へとまわる。

「ロッティ、ごはんだよ！」

声をかけるが返事はない。物音一つしなかった。

そこにつながれていたのは、真っ黒な塊だった。

脚が震えた。状況がつかめずに立ち尽くす。

真っ黒な塊からは、くるりと曲がった角笛のようなものが飛び出している。ロッティのくちばしだった。ロッティの尾羽もある。脚も、爪もある。

ブラックアウトだった。急いで移動させたからだ。

シレーナは自分の左脚を見る。黒い部分は先ほどよりも大きくなっている。膝より下が真っ黒で、かかとが上手く動かないことに気づく。

どうしよう。頭の中が真っ白になった。その場に座り込む。

隣家の犬型バービー、ビクターに助けを求めようかと思った。

だが迷った末にやめにした。

「ブラックアウトは伝染《うつ》る」という噂があった。確証はない。村人が次々にブラックアウトしている。だから伝染るように見えるだけだ、とも説明されている。しかし「伝染らない」という確証もない。万が一、これが何かのウイルスで伝染るとしたら。ビクターに迷惑をかけられない。

いつもならタダノたちフィービーに相談する。

だが、先ほどのやり取りが頭をかすめた。タダノたちを信じてよいか分からない。

タダノたちは何かを隠していた。フィービーだけでこそこそと話し合っている。ここ最近不調《バグ》が生じているのはバービーだけだ。都合の悪い何かをバービーたちに隠しているのではないだろうか。相談しても、大事なところははぐらかされる。実際に、バービーたちのために動いたのはエンジェルだけだ。タダノたちが一体何をしたというのだ。

「お嬢さん、どうしましたか？」

後ろから声がした。よくとおる少年の声だ。

振り返ると、やはり少年の姿をした者が立っていた。癖のある髪の毛は真っ黒で、肌は透けるほど白い。知らない人だった。カンクハ村の村人ではない。

六、七歳の見た目をしている。腕まくりしたシャツに半ズボン。サスペンダーをつけている。労働者風の見た目だが、服装はちっとも汚れていない。

「お困りではありませんか？」

見た目とは裏腹に、大人びた話し方だった。

「それ、ブラックアウトでしょう」

少年は真っ黒になったロッティを指さした。

「あなたの左脚も、ブラックアウトが始まっている」

「伝染るから、来ちゃだめ！」

シレーナは後ずさった。

「大丈夫です」少年は薄く笑った。「僕はフィービーです。ブラックアウトしません」

「本当に？」シレーナは少年を見つめ返した。「フィービーはブラックアウトしないの？」

これまでフィービーがブラックアウトしたことはない。だがそこに法則があるのか、偶然なのかは分からなかった。

「本当です。だってブラックアウトは、フィーワールドの住民がメタティカ共和国を壊そうとして生じた不調なんですから」

少年の言っていることが分からなかった。フィーワールドの住民といえば、爪が伸びたり髪が抜けたりする人たちのことだ。もともと不調のある型《タイプ》なのかもしれない。その不調が何らかの理由で、こちらの世界に飛び火したのだろうか。

「この世界を元通りにしたいなら、フィーワールドに行くしかないですよ」

「でも、私みたいなバービーはフィーワールドには行けないから……」

「行けますよ」少年は面白がるように微笑んで、シレーナをのぞきこんだ。「僕は特殊な魔器《マジック・ボール》を持っています。それを使えば、あなたをフィーワールドに連れていける。魔器からあなたの映像を投射するようなかたち、そうですね、幽霊みたいな状態で存在することになりますが」

「透過オプションを使っているような感じ？」

「そうです。透けてしまって物に触れない。宙に浮いたような状態です」

少年の話がにわかには信じられなかった。本当にバービーでもフィーワールドに行けるのだろうか。そんな話、聞いたことない。

「そんな話、聞いたことないって思ってますか？」

シレーナの心を読んだかのように少年は言った。

「フィービーたちが隠しているだけですよ」

シレーナは他の村へ出かけたことはなかった。十八歳になったら他の村へ行くことができる。それまではカンクハ村だけが全てだった。フィービーも村の四人しか知らない。

「あなたは？」

「外から来た者です。メタティカ共和国全体に生じている異変を調査しています。どうです、一緒にフィーワールドに行きませんか？」

すぐには答えられなかった。

フィーワールドに行ったエンジェルのことは心配だった。ロッティも、動かなくなった他の村人もどうにかしたい。もちろん自分の左脚も気がかりだ。

だが、エンジェルが帰ってくると言った期限までまだ一日ある。行き違いになってはいけない。

そもそも、初対面のこの少年をどこまで信用していいか分からなかった。

「もう少し考えさせて」

「いいですけど、あまり時間はないですよ」少年はシレーナの左脚を指さした。「それ、かなり進行しています。あとはあっという間です」

左脚に目を落とす。膝の上まで黒くなっていた。少し動かしてみるが、膝が曲がらなかった。

「ポポタクトルの山のふもとに、川が三つに分かれているところがあるでしょう。三叉《みつまた》の沢というのでしたっけ。僕はそこの小屋に住んでいます。気が変わったら訪ねてみてください」

少年はそう言うと、どこかへ歩き去ってしまった。

シレーナは呆気にとられていた。

バービーもフィーワールドに行ける。フィービーたちが隠していただけだ。それならどうして、あの少年はシレーナに教えたのだろう。隠し事ではないのか。ブラックアウトが始まっているから、同情したのだろうか。考えはまとまらなかった。

腕をついて立ち上がろうとする。左膝が曲がらないせいで、立つのすら難しい。両手で建物の壁ににじりより、窓枠の出っ張りに手を伸ばす。思いっきりつかんで何とか身体を起こした。

いつの間にか外はすっかり暗くなっていた。振り返ると、暗がりにまぎれてロッティの姿は全く見えなくなっている。今さら涙が込み上げてきた。拭いもせず、壁を伝って歩いた。

少年の名前すら訊いていないことに気づいたのは、家に入り、ベッドに横になってからだった。

翌日になっても、エンジェルの意識は戻らなかった。祭壇のふちに腰かけ、ほとんど寄り掛かるようにして見守っていた。シレーナの左脚は、太もも近くまで黒くなっている。このままでは遅かれ早かれ動けなくなる。

さらに翌日になっても、エンジェルは戻らない。ブラックアウトは左腰の上まで広がっていた。シレーナは物干しざおを片手に、なんとか立ち上がった。左脚を引きずりながら、ポポタクトルの山のふもとへ向かった。

## 2

真っ白な世界だった。周囲は一面、雪で覆われている。太陽の光を受けて、きらきらと雪面が輝く。風が強いようだ。周囲の者の服が強くはためいている。

シレーナは両腕を見つめた。ところどころ切れ切れになっている。本体である魔器は地上五センチを滑空して、上部に向かって映像を投影していた。魔器は金柑《きんかん》くらいの大きさの球体をしている。風にあおられると魔器が揺れ、映像が乱れるのだ。

物に触れないこと以外は、メタティカ共和国にいたときとそう変わらなかった。足を動かす必要がないのは楽だった。こちらに行きたいと思えば、魔器がそのとおりに動いてくれる。

「行きたいところがあります」

前を歩く背の高い男が言った。

鮮やかなオレンジ色の防寒服を着ている。メタティカ共和国で出会った少年、あの彼のここでの姿が、この男らしい。黒髪や色の白いところは似ているが、年齢が十以上違う。どうして異なる姿をしているのか分からない。

「僕の名前はアカイシ・ミノルです。アカイシでも、ミノルでも、好きなほうで呼んでください」

事務的な口調で男は言った。どちらでも構わなかったが、「ミノル」と呼ぶことにした。そのほうが発音しやすかったからだ。

「日本語も話せるんですか？」ミノルが訊いた。

「日本語って何？」シレーナが訊き返した。

ミノルは振り返りもせず「話せていますね。複数の言語機能がインストールされているのでしょう」と言った。

「ここは旧S１６拠点です。ほらあれ」

ミノルは後方を指さした。シレーナたちが出てきた施設だ。鉄製の四角い巨大な箱のように見えた。半分ほど雪に埋もれている。毎日雪かきしないと、外に出られなくなるとミノルはぼやいていた。

あの日、少年を訪ねて、まじないをかけてもらった。意識が戻ったときには、そばにミノルがいた。ミノルは前から後ろからシレーナを見ると、「よくできています」と言った。失礼に感じてムッとした。

「無線を入れたら出かけましょう。くれぐれも水に入らないように気を付けてください。自動制御機能があるとはいえ、風にあおられると危ない。雨や雪くらいなら大丈夫でしょうけど、冷たい海水に浸《つ》かったらさすがに故障します」

Tシャツにジーンズ姿だったミノルは、スウェットを重ね着した。その上から、上下の防寒服を着た。分厚い手袋と黒い目出し帽をかぶる。入り口脇のライフルをかついで「行きますよ」と言った。

有無をいわさぬ感じに圧《お》されて、シレーナは後を追った。

「ここから旧昭和基地まで三十二キロ。五キロ歩いた先に雪上車があります。そこで雪上車を拾って、旧昭和基地に急ぎます」

ミノルは言葉通り、ずんずんと進んだ。途中で息が上がっているのが分かる。

後方でドドン！　と大きい音がした。雪面が細かく揺れている。

「南方で戦闘が始まったようです。大丈夫、旧昭和基地がある東オングル島は非戦闘指定地域だから、移動してしまえば安全です」

ミノルは足を速めた。シレーナは動いても疲れることがない。苦しそうに肩を揺らすミノルを気の毒に見つめていた。

「ミノルは、髪の毛が抜けたりするの？」

シレーナが声をかけると、ミノルは「えっ？」と言って振り返った。虚をつかれたように目を丸くして、シレーナを見つめている。

「当たり前です」

「そっか、フィーワールドの世界の人だから？」

「フィーワールドという呼び方はやめてください。フィジカルワールド、現実世界です。あなたたちがいるバーチャルワールド、仮想世界とは違うんです」

ミノルの言っていることがよく分からなかった。メタティカ共和国の住人にとってはメタティカ共和国こそが「現実世界」だ。ミノルはメタティカ共和国を知らないのかもしれない。

「私がいたのはメタティカ共和国よ」

「だから、それが仮想世界なんです」苛立った口調でミノルは言った。

「あなたはフィービー？」

シレーナが訊くと、ミノルは首を横に振った。

「僕は人間です。あなたたち仮想存在とは違う」

仮想存在という言葉が、シレーナに重くのしかかった。それこそ幽霊扱いを受けているようだ。

「いえ、私はバービーで……」

「バーチャル・ビーイング。短縮してバービーでしょう。データ上に存在する仮想の存在だ。あなたの言うフィービーってのは、フィジカル・ビーイング。姿かたちのある人間。この現実世界に、物理的な身体が存在している。仮想世界には遊びに行っているだけ」

「私にも姿かたちならある」

「データ上のことでしょう。僕は物理的な話をしてるんです」

「データだって、物理でしょ」

ミノルは首を横に振って、黙りこんだ。

橙色《だいだい》の雪上車を見つけて乗り込む。その間もミノルは話さなかった。雪上車はしばらく進んだところでとまった。ミノルは腰から赤い筒状のものをとりだした。

「発煙筒です」

独り言のように言って、端のキャップを引き抜き、雪面に放り投げた。赤茶けた煙が空に昇っていく。真っ白な世界に不純な汚れが混じるような不安感があった。

ブブブブブという音が近づいてきた。どんどん音は大きくなる。近くに大きな影が落ちて気づいた。上空からヘリコプターが下りてきた。乗り物図鑑で見たことがあるが、実物を見るのは初めてだった。ロッティよりもだいぶ大きい。

シレーナたちはヘリコプターに乗って移動した。ほんの十分ほどで、雪のない場所が見えてきた。黄色っぽい土が露出している。巨大な箱のような建物が数えられないほど沢山ならんでいる。町のようにも、要塞のようにも見えた。

「ここは旧昭和基地。現在は、在メタティカ共和国日本大使館です。僕は二等書記官、赤石宣《あかいしみのる》」

ミノルは写真付きのネームプレートのようなものを胸ポケットから取り出して見せた。黒い髪を横になでつけた、真面目そうな男が写っている。

「人質行為防止条約というものを知っていますか？」

ミノルが唐突に言った。

「通常、国家が人質を取ることは禁止されている。だが、対象者が自ら当該国家の自治圏内に足を踏み入れた場合、一定の条件のもと、人質を取ることができる。修正第四議定書が定めている内容です」

ミノルは腰のポケットに手を入れて、手を素早く振った。

網のようなものが広がった。

あっ、と思ったときには遅かった。

網が魔器に絡みついている。

シレーナは動こうとしたが、網に引っかかって身動きがとれない。

「どういうことなの？」

ミノルを振り返る。無表情で、冷たい目をしていた。

「人質行為防止条約修正第四議定書に基づき、あなたを人質に取ります」

冷和《れいわ》二十年、メタティカ共和国が南極で独立宣言をした。

メタティカ共和国とは、バーチャル世界を主たる生活圏とした人々によって構成された国である。バーチャルリアリティ技術の向上により、バーチャル世界での生活が可能になった。脳にチップを埋め込み、特殊なコンタクトレンズを装着する。それだけでもう、別世界に入っていける。

視覚、聴覚、味覚、触覚、嗅覚など、すべての感覚は脳への刺激で再現される。食事の際は、食事モードをオンにして食事ブロックを口にする。食感ごとにつくられたほぼ無味の完全栄養食である。味付けは脳がしてくれる。

バーチャル生活用の住居が売りに出され、排泄、睡眠、入浴もそれぞれバーチャル世界にとどまったまま行うことができる。

バーチャル世界に移住した人々はフィジカル・ビーイング、通称「フィービー」と呼ばれるようになった。バーチャル世界に用意されたキャラクター、バーチャル・ビーイングと区別するためだ。通称「バービー」と呼ばれるそのキャラクターたちは、フィービーの振舞いを学習するかたちで自動生成されていく。

間もなく、フィービーとバービーが入り乱れたコミュニティが形成された。フィービー同士、バービー同士、又はフィービーとバービーの間で結婚することが可能となった。

子供を作ることもできる。両親それぞれの生体反応や会話データを参照して、遺伝的に生成されるのだ。性別を超えて子供を作ることもできるし、三人以上で子供を作ることもできる。そもそもメタティカ共和国では、性別設定は必須ではない。無性別の者も多かった。

バーチャル世界においても、家族が生まれ、コミュニティが生まれ、一つの民族意識が芽生えていった。

ところが、バーチャル世界に没入するあまり、労働や納税を行わない人々を問題視する声が物理的世界で広がった。フィービーたちの身体は物理的世界にある。世界各国、それぞれの居住地からログインしているのだ。その土地の法律が適用される。

事の発端は、米国テキサス州法だ。バーチャル世界へのログインを禁止する州法が成立したのだ。そのような州法は憲法違反であるとして連邦最高裁まで争われた。三年半にわたる裁判の末、勝訴したのはテキサス州だった。

世界中で暴動が発生した。「バーチャル・ビーイング・フォーエバー」というプラカードをかかげ、ハンガーストライキに挑戦し、餓死した者すらいた。暴動はさらに過激化した。サウスカロライナ州チャールストンに集まった過激派たちがサムター要塞を占拠。「グッバイ・フィーワールド」と斉唱しながら、家じゅうの衣服をチャールストン港に投げ捨てた。いわゆる「チャールストン・クローゼット事件」である。

ついに、暴走した一部過激派は、米海軍の青年将校らと共謀し、南極大陸アムンゼン・スコット基地を占拠。南極を領土として「メタティカ共和国」独立宣言を行ったのだった。

それまで南極は、どの国の領土でもなかった。南極条約で専有禁止が定められていたのだ。南極条約違反であるとして、多くの国が抗議した。

ところが、米国だけが沈黙を貫き、最終的にはメタティカ共和国の独立を承認する。メタティカ共和国を支える技術の大部分は米国企業によるものだ。属国を南極に置くことで、南極資源の採掘を進めようとする狙いがあった。

南極上にメタティカ共和国を支える巨大サーバーや通信施設、発電棟が次々に設置された。居住用施設が拡充され、南極移住者は三千人を超えた。

そんなとき、東欧諸国で内戦が同時多発的に勃発し、大量の難民が発生する。各国が難民受け入れに難色を示すなか、メタティカ共和国が無制限の難民受け入れを発表した。難民を押し付ける狙いのもと、各国はメタティカ共和国の独立を承認していく。

そうしてついに、冷和二十五年、「南極条約の取扱いに関する議定書」、通称「南極議定書」が採択され、国際法上もメタティカ共和国の独立が認められた。

メタティカ共和国の国民たちは、南極あるいは諸外国に居住しながら、バーチャル世界で平和に暮らすに至ったのだった。

## 3

爆撃の音は一向にやまない。非戦闘指定地域であるはずの在メタティカ共和国日本大使館を取り囲むように米国海兵隊が展開していた。

ミノルに捕まったシレーナは大使館内の保護室へと運ばれた。保護というのは名ばかりである。要は監禁されていた。

金属製の腕輪のようなものが魔器にはめられ、やたら丈夫なロープで床とつながれていた。そのせいでシレーナは半径一メートル以内でしか移動できない。

同じ保護室には捕まっている者がもう一人いた。

浅黒い肌の中年男、カミロだ。

「どうして米軍がうろうろしてるんだ」

カミロは頭を抱えてぶつぶつ言った。

「メタティカ共和国を認めない国々の多国籍軍が攻めてきたらしいです。それで日本大使館を守るために米軍が出ているんですって」

シレーナが声をかけると、カミロは顔を上げた。

目を見開き、驚いた様子だ。

「君は、スペイン語ができるのか?」

「スペイン語って何ですか」

「まあいい……今の話はどこから?」

「ここに連れてこられたときに、ミノルという二等書記官から聞きました」

ミノルの話で初めて、メタティカ共和国の成り立ちを知った。メタティカ共和国には歴史や過去という概念がなかった。あるのは思い出だけだ。

ミノルの話はにわかには信じられなかった。すべてを理解できたわけでもない。だがおおまかなところで、話の筋が通っていた。

フィービーとバービーの二種類の者がいることにも説明がつく。フィービーは別の世界、別の国であるフィーワールドの住民だったのだ。

どこか遠くに、メタティカ共和国以外の国があるかもしれない。そうは思っていた。だが同じ地平のずっと遠くにそれはあるような気がしていた。こんなふうに、ひっくり返った向こう側の世界に、沢山の国がひしめき合っているなんて想像もしていなかった。

エンジェルが話していたおとぎ話を思い出した。

地球の生き物たちが、地球の端っこ「南極」に移り住んで平和に暮らしたという。その南極が、ここらしい。

「母を探してるんです。エンジェルという名前で、女性の形をしていて、大きな翼が生えています」

シレーナはすがるように言った。

カミロは一瞬、何か汚いものでも見るような視線を投げた。

「大きな翼？　なんだそれ。あんた、プログラムされた情報だろ。親なんていない。あんたみたいなのを人質として取っている日本政府もどうかと思うぜ。米軍の言いなりってわけだ。メタティカ共和国と、多国籍軍との交渉で使うつもりなんだろう」

シレーナは肩を落とした。

「ほらそうやって、いちいち感情があるような動きをするように、プログラムが組まれてるんだ。嫌らしいねえ」

カミロに何を言っても無駄だと思った。

騙《だま》されたシレーナが悪い。カンクハ村にやってきたあの少年、彼がミノルだった。ミノルは日本政府の外交官だ。米国からの要求に応じて、バービーをひとり誘拐してきた。それだけの話だった。

「あなたはどうしてここにいるの？」

意地悪な気持ちでカミロに訊いた。捕まっているという状況は一緒なのだ。

「俺？　俺は、食糧配達人だ。南極に移り住んだクソ野郎たちのために固形食糧を運んでいる」

日本大使館は、昔は昭和基地といって、南極研究の拠点となっていた。現在使用していない施設と食糧庫が、いくつか放置されているらしい。カミロはこっそり忍び込んでは食糧を失敬するのが習慣になっていた。

ところが、この日忍び込んでみると、先客、米軍がいたというわけだ。すぐに捕まって、保護室に連れてこられた。カミロはカミロで間抜けである。

「あれっ。おい、あんた。この機械はどういう仕組みなんだ？」

カミロは魔器を指さしている。

「知らない。フィービーのまじないで――」

「ちょっと失敬」

カミロが急に魔器をつかんだ。投影された映像に腕がつきささる。何とも言えない不快な気持ちになった。

カミロは魔器をカチャカチャと動かす。

「やめてよ。映像が乱れてる。壊れたらどうするの」

「これ、外せないかな……ああ、ロープのほうを切ろう」

カミロは器用にロープを手繰り寄せ、爪を立ててこすり始めた。

「かなり丈夫そうなロープだよ。切れないって」

「大丈夫。こんな時のために、女も抱かず、爪を伸ばしてるんだ」

カミロは下品な笑みを浮かべた。前歯が一本、欠けている。爪は分厚く黒ずんで、指先から五ミリほど伸びていた。

「あなた、爪が伸びるのね?」

シレーナが言うと、カミロは顔を上げ、呆れたように「変な奴《やつ》」と言った。

カミロは黙々と作業した。幸い作業の時間は大いにあった。カミロの腹が鳴っているのが聞こえた。

こちらの世界に来てから、シレーナは空腹を感じない。だがフィービーのカミロはそういうわけにもいかないのだろう。

「あんたのこの機械の大きさなら、鉄格子を通れるだろう。このロープを切ったら外に出て、まっすぐ東へ行ってくれ。海岸の氷河近くまでだ。ペンギンが沢山いる岸がある。すぐ近くに研究棟がある。そこにナオコって女がいる。俺の知り合いだ。そいつを呼んできてくれ」

「岸には近寄れないよ。水に落ちたらいけないから」

「何言ってんだっ」カミロは急に大きな声を出した。「何のためにあんたを助けると思ってる。ギブ・アンド・テイクだ」

カミロはロープの繊維の束をちょっとつまんでは、もう片方の手の爪でこすってプチンと切っていく。手際はよかった。

「ガキの頃からコソ泥してんだ。メタティカ共和国なんていう、おとぎの国に移住するような金持ちたちと違って」独り言のようにカミロはつぶやいた。「親の顔なんて見たことない――」

地鳴りがあった。カミロの手ごと、魔器が揺れた。

ドーンドンッと大きな音が続く。揺れているのが分かった。

「何？　何なの？」

口にした途端、さらに大きな音がした。

突然、視界が真っ暗になった。動こうとする。ほんの数センチだけ動けた。わずかに光が見えた。

手が見えた。分厚く黒ずんだ爪の先が見えた。

カミロの手の中にいる。カメラが塞がれているのだ。

「カミロ、離して！」

カミロの返事はない。

さらに動く。少しずつ左右に揺れるように動いていくと、カミロの手がゆるんだような感じがあった。

一気に動くと、ポコッと外れた。急に視界が開ける。

白い雪が斜めに降りそそいでいた。びゅうびゅうと激しい音を立てている。保護室の壁に穴が空いていた。

崩れた壁の下から、カミロの腕が伸びていた。あり得ない方向に曲がっている。別の瓦礫《がれき》の下から、カミロの頭がのぞいていた。目は開いたままになっている。絶命しているのは明らかだった。

瓦礫で身体がぐしゃぐしゃになっている。

じんわりと床に赤い液体が広がっていった。ドロッとした気味の悪い液体だ。

「何これ……？」

思わず身を引くが、つっかえた。

魔器をつないだロープの上に、崩れた壁の一部がのっている。思いっきり引っ張ると、カミロがいじって弱くなっていた部分がプチンと切れた。

半開きになったカミロの口元から欠けた前歯が見えた。

うわあああ、と叫びながら、外に飛び出していた。見たものをすぐに受け入れることができなかった。息を止めるように思考を止めて、周囲を見渡した。

横殴りに雪は降っている。視界は数メートル先も見えない。

天を見上げ、太陽を探す。東へあたりをつけて駆け出した。

風が強い。魔器を見ると、じっとりと濡れているのが分かる。ある程度の耐水性はあるだろうが、長時間外にいたらどうなるか分からない。

風がやんだ一瞬、ずっと向こうに、雪上車の影が見えた。

驚くほどに美しい光景だった。

真っ白な世界に、太陽が降りそそぎ、鮮やかな黄緑色の車体を照らしていた。先ほど乗ってきた橙色のものではない。日本という国のものではない。多国籍軍の雪上車だ。

大使館が、多国籍軍の襲撃を受けたのだろう。

耳をすますと、周囲からざわめきが聞こえた。

「人数確認！」男が叫ぶ声だ。

「無線は？」「使えません」「邦人退避の状況は……」

何人かの男が怒鳴り合っている。

黄緑色の雪上車の方向と、声が聞こえる方向を避けて進む。

目を見開いたカミロの顔が頭をよぎる。あり得ない方向へ曲がった腕と、爪の伸びた指。身震いがした。恐ろしかった。

カミロが言ったように、この怖いという気持ちも、プログラムされた情報にすぎないのだろうか。これが感情ではないなら、何が感情なのだろう。フィービーと一体、何が違うというのだ。

カミロは呆気なく死んでしまった。シレーナだって設定された寿命が来たら死ぬ。魔器が壊れたら、どうなるか分からないけど、きっと死ぬような気がする。カミロとシレーナ、何が違うというのだ。

風はどんどん強くなった。魔器の動きが鈍い。

カミロは東へまっすぐと言っていた。どのくらい行くのだろう。太陽の位置を再び確認する。方角は合っているはずだが、不安になってきた。

エンジェルもどこかへ行った。ロッティはブラックアウトした。カミロは死んだ。シレーナを残して、みんなどこかへ行ってしまった。この心細さが感情ではないとしたら、何なのだろう。

どのくらい進んだか分からない。視界の先に、氷のひび割れを発見した。

氷河だ。岸までやってきた。

周囲を見渡す。ずっと先に、黒い点々のようなものが見えた。ぴょこぴょこと細かく動いている。ペンギンだ。図鑑で見たことがある。

ペンギンたちがいる方向へ進む。風にあおられて、何度か氷河にぶつかった。割れて水が見えている部分でなくて命拾いした。

氷河の手前に、岩場が露出している。無数のペンギンたちがひょこひょこと動いたり、立ち止まったりしていた。

岩場から道がのびていた。雪がかき分けられ、土が見えている。人の足で踏みならされているように見えた。道に沿って進むと、赤い大きな箱のような建物が見えた。端にドアがある。

ドアはぴったりと閉じられていた。ノックをしようと手を伸ばし、ドアに触れられないことに気づく。

手や頭を突っ込んでみても中の様子は分からない。視界は魔器のカメラとレーダーでできているはずだ。魔器が中に入らない限り、中の様子は見えないということだろう。

魔器ごと、ドンッと扉にぶつかる。ドンドンッと繰り返す。カチッと何かが割れるような音がした。魔器の一部が損壊したのかもしれない。だが、他に方法がなかった。

さらに再び魔器をぶつけたとき、扉がさっと内側に開いた。

そこには、背を丸めた老婆が立っていた。

白髪の交じった黒髪で優しい目をしている。趣味のいいえんじ色のセーターを着て、コーデュロイのパンツをはいていた。

老婆はシレーナに目を留めた。一瞬、呆《ほう》けたような表情を浮かべた。

「あ、あんた……」老婆の手が小刻みに震えていた。「シレーナかい？」

老婆の目がみるみるうちに潤んでいった。

「もしかしてあなたは……」

シレーナの声が震えた。老婆は大きくうなずいた。

「エンジェル！」シレーナは老婆のもとへ飛びこんだ。

身体と身体が触れることはできない。老婆とシレーナは身体を重ねたまま、しばし立ち尽くしていた。

「もう泣かないで。私は無事よ。あなたも無事でよかった」

老婆は優しく言うと、そっとシレーナを通り抜け、扉を閉めた。斜めに降る雪が入り口を濡らしていた。

「ここでの私の名前は、ヤマダ・ナオコ。バーチャル世界で過ごすようになったのは、もう五十年近く前のことだから、私をナオコと呼ぶ人も限られているけどね」

ラウンジと呼ばれる場所に移動して、ナオコは言った。

「メタティカ共和国に異変が生じたとき、こっちの世界で何か起きているとすぐに分かった。このままだと私たちの国が、家族が失われてしまう。そう直感して、慌ててフィーワールドに戻ってきたんだ。だけど、いつの間にか自分の身体が年老いていたことをすっかり忘れていたよ。メタティカ共和国ではすいすいと動けるのに、こっちの世界では身体じゅうが重くて、どうにもならない。ついには体調を崩してしまって……」

ナオコは目を伏せた。

「病気なの？」シレーナは身を乗り出した。

ナオコはうなずいた。「私はもう、メタティカ共和国には戻れそうにない」

再びシレーナの目にみるみるうちに涙があふれてきた。言葉が続かなかった。エンジェルが死んでしまう。いつか来ると分かっていたことだ。だが急に突き付けられると、動揺で目の前が真っ暗になった気分だ。

「泣かないで。寿命なんだから、仕方ないことよ。あなたと過ごした十六年間、とっても楽しかった」

シレーナの口から嗚咽《おえつ》が漏れた。涙をぬぐい、ナオコの姿をじっと見る。

腰はすっかり曲がっている。着ているものは清潔で上等そうだが、全体にくたびれた印象だ。ソファの上で股を大きく広げて、あぐらのような姿勢で座っている。メタティカ共和国にいた頃にはしていなかった座り方だ。足腰に、身体を支えるだけの十分な力が残っていないのかもしれない。

より一層悲しい気持ちになって、涙が次から次へと出てくる。

「カンクハ村の様子はどう？」

ナオコは気づかわしげに訊いた。

シレーナは首を横に振った。すぐには答えられなかった。呼吸を整えてから、「ロッティがブラックアウトした」とつぶやいた。

「みんなどんどんブラックアウトしていく。私も左半身がブラックアウトしかかっていたところだった。原因はよく分からない。多国籍軍っていう人たちが、メタティカ共和国のサーバーを攻撃したのが影響しているのかな」

「おそらくそうだよ。この星の気温は、どんどん上がっているの」

「星？　何それ」

シレーナは首をかしげた。星と言えば、空に浮かんでいるあの星のことだろうか。それとフィーワールドに何の関係があるのか分からない。

「ああ、この世界、フィーワールドのことだよ」

「地球ってこと？」

以前エンジェルから聞いたおとぎ話を思い出しながら尋ねる。

「そう地球。よく知っていたね」

微《かす》かな違和感を抱いた。エンジェルはあの晩のことをもう忘れてしまったのだろうか。フィーワールドの住民は歳《とし》をとると物忘れが激しくなると聞いたことがある。エンジェルにも物忘れが始まったのかもしれない。

そう考えると、居ても立っても居られなかった。エンジェルに残された時間は、一体どのくらいなのだろう。

「話をもどすと、この地球の温度はどんどん上がっている。暑いところにはもう人が住めない。みんなどんどん、寒い地域に移動を始めているみたい。この南極は一番寒いといってもいいくらいの場所だから」

「地球の端っこだから？」

「端っこ？　地球は丸いから、端っこはないけどね」ナオコが笑った。「とにかく、みんな南極から北極のほうにどんどん移動をしてるんだ。それで、南極に領土を持つメタティカ共和国が邪魔になってきた。多国籍軍を組んで、攻撃してきているのは、そのためなのよ。メタティカ共和国を守る側についているのは、米国や日本くらいだ。ジリ貧だね」

地球は球のかたちをしているせいで、面積を広げられないのだとエンジェルは言っていた。縄張り争いのために殺し合いをするのだと。

ぞっとして身震いがした。

カミロの、見開かれた目が頭をよぎった。可哀想な、可哀想なカミロ。親の顔も見たことがない、小さい頃からコソ泥をしていたカミロ。

そういえば、カミロはナオコと知り合いだと言っていた。

「ねえ、さっきカミロっていう――」

言いかけたときに、ラウンジの扉が開いた。やせ細った中年の男が立っていた。

男はシレーナの顔を見て、首を左に二回、小さくかしげた。

その姿を見て、シレーナは跳び上がらんばかりの気持ちになった。

「レオン！」声が口をついて出た。

男に駆けよった。

「レオンもこっちに来てくれたのね。よかった。ねえほら見て、エンジェルとも無事落ち合えたの」

レオンは再び、首を左に二回かしげた。やはりレオンである。首を二回左にかしげるのはレオンの癖だ。姿かたちは違っても、動きがよく似ている。

「よく僕だって、分かったね」

「分かるよ。心のかたちが一緒だから」

シレーナは満面の笑みを浮かべた。

「僕は少し前にここにきて、エンジェルを見つけた。すぐにメタティカ共和国に戻ってシレーナに知らせようと思っていたのだけど、ここにきて多国籍軍の急襲が始まった。身動きが取れないでいたんだ」

「タダノやヤンも心配。村の他のみんなもどうしてるんだろう」

最後に話した時のヤンの様子が思い出された。

あんなに冷たい態度を取られたことなんてない。脚に不調が生じたとき、一番に助けにきてくれるのはいつもヤンだった。

初めて会ったときのことは、今でも鮮明に覚えている。あれは、三年前のカンクハ村の祭りのことだった。

人込みの中で、ヤンと一瞬だけすれ違った。目が合ったと思う。その瞬間、「この人だ」と分かった。この人が運命の人だと。ヤンだってすれ違ったすぐ後に振り返り、固まったままシレーナを見つめていた。二人は同じ気持ちだったのではないだろうか。

それから何度か顔を合わせる機会があった。ヤンは優しかった。だが何かに怯えるように、シレーナを避けているような感じもあった。だからこそ、シレーナのほうも怖くなって、ヤンの気持ちを確かめることはできなかった。

あと二年して、十八歳になったら、ヤンからプロポーズされるのではないかと密《ひそ》かに期待していた。十八歳から結婚できる。モテるバービーは、十八歳の誕生日には結婚してしまうものだ。ヤンは無口な人だ。だけどそのぶん、たまに声をかけてもらえると跳び上がらんほどに嬉しかった。そのヤンと毎日、おはよう、おやすみの言葉を交わしたり、一緒に食事をとったりする。夢のようだった。だが、きっと叶うような気もしていた。

今となっては、ヤンの安否すら分からない。目の前にあった幸せが、突然ずっと遠くへ行ってしまった。

「タダノやヤンもきっと大丈夫」

ナオコが言った。根拠のない言葉だが、慰めにはなった。

そのとき、外でドンッと大きな音がした。

ぞっとして身をかがめる。そんなことをしても意味がないと一拍おいてから気づいた。ナオコやレオンの顔にも怯えが浮かんでいる。

「何だろう。多国籍軍かな」ナオコが言った。「奥に逃げよう」

レオンがナオコの肩を抱くようにして支えた。連れ立って、奥の食糧庫へと入る。食材を保管するために、他の部屋より少しだけ壁が厚くなっているらしい。

ドンドンドン！　と太い音が響く。建物の入り口の扉が荒々しく開けられたような音が続いた。

恐ろしくて身体が震えた。

カミロの曲がった腕を思い出す。最期のとき、カミロは痛かっただろうか。怖かっただろうか。一瞬のことだった。怖さは感じなかったかもしれない。シレーナには痛みがどんなものかはわからないが、願わくば、痛みも感じないまま安らかに眠って欲しい。

三人は食糧庫の戸棚の隙間に、身を寄せ合うように隠れた。他の二人とシレーナとは身体が重なっていた。

ドタドタドタと数人が歩く足音がする。

「発電室にはいませんでした」「ラウンジにもいない」「トイレにもいません」

男たちの声が響いた。

レオンの額に汗がにじんでいるのが見えた。ナオコの肩は震えている。二人とも恐ろしいに決まっている。

足音が食糧庫に近づいてきた。扉の前で止まる。

きしむ音をたてながら、扉がゆっくり開かれた。

床をするような足音が聞こえる。何者かが、警戒しながら中に入ってきているらしい。

レオンが息を吸い込むのが聞こえた。吸った息をとめたようにして、身を硬くしている。

足音がどんどん近づいてくる。逃げ出したほうが良いのか、このまま隠れていたほうがいいのか迷った。

だが決断する間もなく、目の前に男の影が現れた。

ミノルだった。

ライフルの銃口をこちらに向け、にらむように立っている。

「ま、待てっ」レオンが言った。

ミノルは答えない。

冷酷に銃を向けたまま、一歩、二歩と近づいてくる。

レオンはブルルッと震えたかと思ったら、一気に飛び出した。ミノルの脇を抜けて逃げようとしたらしい。ミノルはライフルの向きを変え、その銃床でレオンの頭を殴った。レオンは呆気なくその場に倒れた。

ミノルはライフルの銃口をナオコのほうへ向けた。

狙いをそらすことなく、近づいてくる。

ナオコはその場で腰を抜かしたように動けなくなっている。

ミノルはナオコのすぐ近くまで来て身をかがめた。片手をさっと伸ばす。

その瞬間、シレーナの視界が真っ暗になった。

何が起こったのかすぐには分からなかった。何も見えない。だが動いている感覚はあった。数秒経って、光がうっすらと見えた。

廊下を移動している。ミノルの身体が見えた。

ミノルが魔器をつかんだまま、どこかへ移動しているようだ。

「離して！　離してよ！」

シレーナは叫んだ。

ナオコはどうなったのだろう。銃の発砲音は聞こえなかった。撃たれてはいないはずだ。あの場で腰を抜かしたまま座っているのだろうか。

「人質を回収しました。どうぞ」

ミノルが独り言のように言った。

「はい、ひと足先にヘリコプターに戻ります。どうぞ」

光の量が急に増えた。外に出たのが分かる。ゴゴゴゴゴゴという大きな音がした。聞いたことがある。ヘリコプターが着陸するときの音だ。

「離して！　せっかくエンジェルに会えたの！」

ミノルは無言のままだった。

急に身体が浮く感じがした。視界が広がる。

シレーナはヘリコプターの中にいた。

先ほど捕まったときと同じように、金属製の腕輪のようなものにロープがつながれ、その端をミノルがきつく持っている。

「なぜ逃亡したんですか？」厳しい口調だった。

「あのまま人質になっていたら、エンジェルと会えなかった」

シレーナはミノルをにらみつけた。

ミノルにエンジェルの話はしていない。急にエンジェルの名前を持ち出されても、不審そうな顔をするだけだろうと思った。だが口にしないと気が済まなかった。

「せっかく会えたのに、どうして引き離すの」

ミノルはシレーナのほうをまっすぐ見て言った。

「エンジェルはすでに殺されました」

4

ミノルの罠《わな》だと思った。

「えっ……？　だって、さっき私は、エンジェルに会ったんだし……」

ミノルは日本という国の外交官だ。二等書記官だと言っていた。米国に指示されて、シレーナを誘拐した。エンジェルは死んだと嘘を言っているのではないだろうか。エンジェルのことを諦めさせたほうが、シレーナが大人しくなると踏んでいるのだ。

「まだ気づかないんですか。ナオコと名乗る老婆、あれはエンジェルではない。タダノですよ」

ミノルは大きくため息をついた。

「えっ？　タダノ？」

言葉が続かなかった。

頭の中では、急に鮮明な映像が浮かんだ。考えがどんどん整理されて、一つのジグソーパズルができ上がるようだった。

ナオコは、股を広げてあぐらをかいていた。タダノがよくやる座り方だ。エンジェルはそんな座り方をしたことがない。

シレーナが「地球」という言葉を知っていることに、ナオコは驚いていた。逆に、南極は地球の端っこだと言ったときは、「地球は丸いから、端っこはない」と反応した。エンジェルだったら、そういう受け答えにならないはずだ。

「あなたと同じ保護室にカミロという男がいたでしょう。あの男は、ナオコとつながって、色々と悪さをしていた。考えてみてください。エンジェルがカミロと仲良くしているところを想像できますか？」

カミロのことを極悪人だとは思わないが、下品な印象はあった。エンジェルがカミロと話をしている様子は、確かに想像ができない。

「じゃあ、エンジェルは……」

「タダノが殺した。今頃、遺体は南極大陸の雪の中です」

目の前が真っ暗になる思いだった。うつむいて両手で顔を覆う。涙も出なかった。

エンジェルはどのようにして死んだのだろう。ミノルに訊くことはできなかった。知りたくなかった。エンジェルの死に際を想像するだけでも辛《つら》かった。突然のことで何も分からず、痛みも感じないままに眠ったのであって欲しい。そう願うばかりで、それ以外の現実は受け入れられない。どのくらいそうしていたのか分からない。

振動が大きくなる。ヘリコプターの高度が下がってきたのだろう。

顔を上げて漫然と外を見る。真っ白な世界がずっと遠くまで広がっていた。あのどこかに、エンジェルは眠っているのだろうか。

勇気を出して口を開いた。

「エンジェルは、どうして殺されたんですか？」

「タダノやレオンにとって邪魔だったからです。メタティカ共和国に大した軍事力はない。米軍が守っているとはいえ、派遣された人員は限られている。多国籍軍が攻めてきたら、ひとたまりもないでしょう。メタティカ共和国のサーバーは破壊され、データも消えてしまう」

「あの世界が失われるということ？」

あまりのことに現実感も抱けないまま訊き返す。

「そうです。今まで生じていた不調も、多国籍軍による攻撃のせいです。間もなく一斉攻撃が始まることは予想されていた。それまでに、タダノたちはメタティカ共和国を放棄して、降伏しようとしていました。降伏すれば、多国籍軍が保護を約束していたから。新たな国籍を得て、新しい生活を始められる」

「でも、私たちバービーは消えてなくなってしまうということよね？」

「そう。だからエンジェルは降伏に反対した。フィーワールドに戻って、メタティカ共和国を守る手立てを探そうとしていました。タダノたちにとってはそれが邪魔だった。メタティカ共和国の国民が多国籍軍に反抗的な態度をとったら、保護の話もなくなってしまうかもしれない。それで、タダノたちはフィーワールドでエンジェルを探しだし、殺してしまったんです」

「そんな……」

シレーナは言葉を失った。

エンジェルはシレーナたちバービーを助けようとしていた。タダノたちはバービーを見捨てることで、自分たちだけ助かろうとした。私たちは、そうやってすぐに見捨てられる存在なのだろうか。

――あんた、プログラムされた情報だろ。

カミロの言葉がよみがえる。

データにすぎない私たちは、サーバーへの攻撃ひとつで消されてしまう。だが人間と何が違うというのだ。現にカミロだって、大使館への攻撃ひとつで呆気なく死んでしまった。

「ここは、とても疲れる場所だ」

ミノルがため息をついた。

「君のいた場所のほうが、ずっと良い」

シレーナは顔を上げた。ミノルの顔をじっと見つめる。

ミノルはけげんそうな顔をして、シレーナを見返した。だがすぐに、避けるように視線を外した。

沈黙が流れた。ヘリコプターの音だけが騒々しく響く。

心のかたちが一緒だから分かるのだと、エンジェルは言っていた。

なるほど、そういうことなのか。

「あなた、ヤンね」

シレーナが言うと、ミノルは静かにうなずいた。

「ヤンは、こちらの世界では、ミノルという日本人だった。外交官で、メタティカ共和国に赴任していた。そういうことなんでしょう」

ミノルは再びうなずいた。

「でも、なんでこんなことを……」

ライフルをもって迫ってくるミノルの姿が思い出された。冷酷な恐ろしい目をしていた。米国の指示で人質を取る必要があった。日本の外交官としては、従わざるを得なかった。それであんなに怖い顔をしていたのか。

「君を助けたかった」

ミノルは絞り出すように言った。

「あのまま放っておいたら、君はブラックアウトで消えてしまっていた。人質を取れという指示が出たとき、渡された機材は一つだけだった。あの世界から救い出せるのは一人だけということだ。君じゃなかったら、誰を助ける」

いよいよヘリコプターの高度が下がってきた。

巨大な艦船に近づいていく。

「タダノたちと集まったときに冷たく当たったのは、君を助ける計画を悟られないためだ。あのとき喧嘩《けんか》別れになったから、ヤンの姿のままでは、君は誘いに乗らないと思った。だから少年に姿を変えて、君の前に現れた」

「でも……私は人質なんでしょう。これから米軍なのか、多国籍軍なのか、どちらかに引き渡される」

「この機材には、メモリーチップのかたちで君のデータが入っている。僕は今から、メモリーチップを抜いて、この機材を海に投げ込む。人質をとる任務は失敗だ。移動中にタダノたちに妨害されたとでも報告しよう」

シレーナはヘリコプターのパイロットのほうを見た。

パイロットは耳にヘッドフォンをつけたまま、振り返りもせず、親指を立てるしぐさをした。

「彼は僕の友人だ。協力してくれている」

ミノルはシレーナをじっと見つめた。

「いいかい。データさえあれば、君を復元できるはずだ。君のデータは何重にもバックアップをとって、絶対になくさない。きっと元に戻してみせるから、それまでのお別れだ」

「データさえあれば……」

シレーナはミノルの言葉を繰り返した。

データにすぎない存在だ。

何重にもとったバックアップのうちの一つが生き残ったとして、それがシレーナといえるのだろうか。シレーナの要素だけを抜き出して、コピーして、新しい器に入れ直す。できたものは、自分なのだろうか。

シレーナには分からなかった。

艦船の甲板がいよいよ近づいてきた。

「また会う日まで」

ミノルは魔器に手を伸ばした。

「うん、また会う日まで」

そう返すのが精いっぱいだった。

間もなく、視界が暗くなり耳も聞こえなくなった。意識を失ったのは、その数秒後だった。

# 四．健康なまま死んでくれ

隷和五年「労働者保護法」あるいは「アンバーシップ・コード」

1

ベッドで眠る老母をしばらく見つめてから、家を出た。

足の裏が痛い。体重をのせるたびにじんと熱くなる。六時間ほど横になっていたから、ふくらはぎの張りは収まっている。だが膝の裏は突っ張って、曲げるのに力が要る。脚の付け根から歩くしかない。歩き方だけはモデルみたいだ。

身長百六十センチ、体重七十五キロの成瀬《なるせ》に、気取った歩きかたが似合うはずもない。おもちゃの兵隊の行進のように滑稽だ。口の中で息を転がし、音を出さずにひとり笑った。

歳は三十七だが、四角い顔のせいで年かさに見られやすい。目が細く吊り上がっていて、常に不機嫌そうに見えるのもいけない。かといって笑ってみたところで、不細工な中年男が顔を歪《ゆが》めているようにしか見えない。

午前六時五十五分、駅へ向かっていた。歩くと二十分以上かかるが、バス代が惜しかった。今のうちに歩いておかないと、今日の運動ノルマが達成できないためでもある。

ニイニイゼミがジリリリリ、と目覚まし時計のアラーム音のような声をあげている。太陽が徐々に高くなってきた。日差しの強さを感じながら、フルフィルメント・センターの室温を想像する。

それだけで、どっと疲れた気分になる。

成瀬は左手首に巻いたリストバンドに視線を落とした。幅二センチほどの黒いラバーバンドだ。外側の液晶画面には何も映っていない。血圧や心拍数、歩数、血中酸素、睡眠状態やストレスの多寡まで計測されているはずだ。それらの数値はすべてヤマボンに送られている。

児童公園の脇にゴミ捨て場がある。紐でくくったダンボールが置かれているのを見て、今日が木曜日だと気づく。不規則に入るシフトのせいで曜日感覚は麻痺《まひ》していた。ほとんどのダンボールに山の形を模した矢印のマークが入っている。ヤマボンのロゴである。

駅前のロータリーに着いた。すでに十人近くの者がたむろしていた。大学生風の者から、腰の曲がった年金生活者まで年齢層は幅広い。女性はやや少ないが、皆が皆、申し合わせたようにダボッとしたジーンズと色あせたTシャツを身につけているせいで、性差はほとんど感じられなかった。

成瀬は格安携帯電話を取り出して、派遣会社に電話を掛ける。

「あっ、もしもし？　七月二日、成瀬正孝《まさたか》、シフトどおり、ヤマボン様に出勤します」

「ナルセ、マサタカさんですね……はい、よろしくお願いします」

電話口の男は事務的に言った。

勤務開始は九時だが、一時間以上前に出勤確認の連絡を入れることになっている。

七時二十分、送迎バスが到着した。席の半分はすでに埋まっている。ここに至るまでにも数カ所の地点で労働者たちを拾っている。フルフィルメント・センターまで、さらに数カ所を経由する。

「これ、何時頃に着くんすか？」

隣に座った、大学生風の男が話しかけてきた。

だ。

「四十分以上はかかるよ」成瀬は小声で答えた。

他の乗客はほとんど全員、うつむいてまぶたを閉じている。少しでも体力を温存しておきたいのだ。

「えっ、そんなにかかるんすか」大学生風の男は声量を下げない。「電車に乗ったほうが早かったな」

送迎バスなら無料だから、と応じるのはやめておいた。数百円の電車代すらもったいなく感じる懐具合が恥ずかしかった。

「俺、田畑《たばた》っていいます。今日、初めてなんで、よろしくお願いします」

田畑は茶髪を揺らしながら、はきはきと言った。

こんなに快活な話しかたをする人間を久しぶりに見た気がする。反射的に好感を抱いたが、すぐにむくむくと、意地の悪い気持ちが込み上げてくる。どうせ大学生のアルバイトだ。一日二日、社会見学のつもりでやってきて、すぐに音を上げて去っていくのだ。

「ああ、よろしく」成瀬は小さく返した。

通路を挟んで隣の男が目を開けて、こちらをにらんでいるのが見えた。睡眠の邪魔をするなということだろう。車内で声量を落とさない田畑と、同類だと思われたくなかった。

会話を終わらせるために、成瀬はうつむいて、寝るふりをした。

だが田畑は構わず話しかけてくる。「あの、今日働く倉庫って」

「フルフィルメント・センターだよ」

仕方なく顔を上げ、小声で言う。

「ヤマボン様の顧客満足度を高める施設だから、フルフィルメント・センター。倉庫と呼ぶとルール違反で、懲罰ポイントが加算されるから気をつけな」

「えっ？　懲罰ポイント？」

「六点たまったら、時給が下がる。最悪の場合、リリースだ」

「リリースって？」相変わらず、田畑は大げさな声をあげた。

「解雇のことを、ヤマボン様はそう呼ぶ」

田畑は眉をひそめた。信じられないと顔に書いてあるようだった。

「でもそれって、労働基準法的にどうなんですか。だいたいヤマボンに様づけしてるのも変だし」

成瀬は田畑を無視して、目を閉じた。これ以上付き合っていられない。少しでも寝ておきたかった。


労働基準法、労働安全衛生法の特別法として、「労働者保護法」が制定されたのはほんの一年前、隷和《れいわ》五年のことだ。この春から施行された。

きっかけは三年前、元ハリウッド女優アンバー・ジョンソンが過労死したことだった。才色兼備で名高い彼女は、女優業を休み、米国の名門大学でＭＢＡを取得した。その後、英国の大手コンサル会社でのインターン中、長時間労働にさらされ、突然死した。

アンバー死亡のニュースは世界中をかけめぐった。英国の労働者支援ＮＰＯは一斉に「ノーモア・アンバー・キャンペーン」を行った。ハリウッド女優や世界的歌手、インスタグラマーたちが「ノーモア・アンバー」タグを利用して連帯したこともあり、キャンペーンは世界的なムーブメントへと変容していく。

ついには海外投資家たちが「アンバーシップ・コード」を策定するに至った。労働コンプライアンスを守らない会社には投資をしないという業界ルールである。過労死事件が生じた企業からは、投資家らが一斉に投資を引き揚げ、株価は暴落。CEOが引責辞任をする事態も相次いだ。

日本の財界人も対応を迫られることになる。

東京経済新聞では「過労死で社長の首が飛ぶ時代」と題する特集が組まれた。逆に言うとこれまでは、末端の労働者が死んだくらいでは、トップの首はビクともしなかったのである。

ヘルスケア・コンサルタントが連日セミナーを開催し、社員の健康状態をいかに保つか熱弁をふるっている。労務管理担当の社員が精神を病む皮肉な事態も津々浦々で出来《しゅったい》し、いよいよ健康管理熱が高まったところで、本丸、厚生労働省が動きだした。

経済産業省との合同ワーキンググループ「労働者の心と体の健康を守る検討会」が発足したのだ。同検討会においては、徒労ともいえるほどの幅広い検討がなされた。

特定のサプリを社員に配布する企業への助成金導入も議論された。薬事村の族議員がねじ込んできたものだ。経済産業省が財務省を巻き込むかたちで予算不足を指摘し、なんとか却下した。

朝礼、昼食、終礼時に「五分間瞑想」を取り入れることで労働者のストレス軽減を図る案が検討されたこともある。外部専門委員として検討会に参加していたデイビス明美《あけみ》が出した案だ。デイビス明美はヒーラーである。国内外で活躍しているものの、ヒーラーという非科学的な職業の者が「専門家」として検討会に参加していたことに、世間からの非難が集中した。検討会では即座に瞑想案を却下することになった。

紆余曲折を経て、最終的には、穏当で玉虫色の法案ができあがった。企業に労働者管理を徹底させ、過労死の撲滅に向けた努力義務を課すというものだ。

企業側は必死だった。規制が緩い労働者保護法は恐れるに足らない。だが、アンバーシップ・コードは脅威である。労働者の健康管理が甘いと株価に影響する。各社、従業員にウェアラブル端末を装着させて健康状態を報告させたり、週に一度のカウンセリングを義務付けたり、独自の取り組みが普及していった。

大手通販サイト運営会社、ヤマボン合同会社も例外ではない。「ヒューマン・オリエンテッド宣言」を発表し、労働者の健康管理を徹底する方針を決定した。

フルフィルメント・センターで働く派遣社員には、食堂で昼食をとること、六時間以上の睡眠（ノンレム睡眠が二時間以上含まれていなければならない）、一日三十分以上のウォーキングが課された。

履行状況はリストバンドで確認されている。一つでも未達のものがあると、すぐにヤマボン社員、通称「ヤマボニアン」との体調不良面談が設定された。こうなると、懲罰ポイントが一点加算される。

最後の、一日三十分以上のウォーキングが鬼門である。派遣社員の業務のほとんどは立ち仕事である。成瀬のようにピッキング業務に従事していると、一日十五キロ以上歩くこともざらにある。仕事をこなすだけで脚は棒のようになる。さらに業務外で三十分歩けというのは、健康のためにならないどころか、疲労がたまって逆効果である。

実際、高齢の派遣社員はウォーキング義務を果たせずに懲罰ポイントが六ポイントたまり、挙句の果てにリリースされるのが常である。

少しでも弱い者は振るい落とされ、身体が頑丈なものだけが勤続している。過労死される前にクビにしたいというのがヤマボンの本音なのだろう。

2

午前八時十分、バスはフルフィルメント・センターに到着した。太陽はすっかり高く上っている。外に出た瞬間、むわっとした熱気に包まれた。

建物入り口で、回転式ゲートのパネルにリストバンドをかざす。ロッカールーム前で名簿をのぞき込み、自分の名前の横にチェックを入れる。

顔を上げると、すぐ横に佐々木茂《ささきしげる》が立っていた。

茂は老眼用ルーペを片手に名簿を検《あらた》め、緩慢な動きでチェックを入れた。成瀬と目が合うと、にやりと笑って、片手をあげた。

この日も茂が元気そうに通勤しているのを見て、成瀬は胸をなでおろした。昨日の帰り際、疲れた様子だったたからだ。

茂はこのセンターで最年長、七十歳である。二カ月前から働いている。

電車に乗ればすぐに席を譲ってもらえそうなほど、身体つきは華奢だ。その身体のどこから力が湧いてくるのか不思議だが、毎日のウォーキング義務もきちんとこなし、体調不良面談に呼ばれたことはないという。

ロッカーに荷物を入れ、二階の事務室に上がる。ロッカールームで着替えてもいいことになっているが、着替える者は皆無である。通勤のためだけに洒落《しゃれ》た私服を着る者はいないからだ。

作業場がある四階に上がっていくと、労働者の列ができていた。

入り口にはセキュリティゲートがある。空港にあるようなものだ。携行品をトレイに置いて、金属探知ゲートを通る。持ち込んでいいのは、眼鏡や腕時計、財布だけである。一丁前に指紋認証システムがあり、事前に登録した指紋と照合してから入場する。そのために入場には時間がかかるのだ。

成瀬は列の脇を通って、便所に入った。小便器の前に立つ。ちょうど視線の位置に「あなたのずる休み、見ています！」というポスターが貼られていた。黄色と黒で毒々しい配色だ。同じポスターが各小便器の前に一枚ずつ貼られているのだから閉口する。

手洗い場の横に「倒れている人がいたら　近くのリーダーに報告しましょう」という貼り紙が出ていた。こちらは白黒の事務的な書面だ。

セキュリティゲートの列に並び、作業場に入る。青いゼッケンをつけた五十手前くらいの男が立っていた。ゼッケンには「リーダー」と書かれている。

「ワーカーさん、こちらに集まってください」

男がやたらとハキハキした声で言う。

成瀬ら末端の労働者は「ワーカーさん」と呼ばれる。

その上に、トレーナー、リーダー、スーパーバイザーというランクがある。スーパーバイザーになれば、業務中に携帯電話を持つことが許される。だがいずれにしても、これらは全て派遣社員である。

その上にヤマボンの正社員、ヤマボニアンが君臨している。フルフィルメント・センターの長は、サイトトップと呼ばれるヤマボニアンだ。サイトトップからヤマボン本社へと報告ルートがあるらしいのだが、そこまでいくと、成瀬にとっては雲の上の話で現実感がない。

壁の近くに、同じ区画で働く二十名ほどのワーカーが集められる。最年長の茂や、今日が初出勤の田畑の姿もあった。

「昨日、別のフルフィルメント・センターで、重大品質事故が発生しました。台車同士の衝突事故です。弾《はじ》き飛ばされた人が手首の骨を折りました。事故にあった人は、疲れがたまっていたせいで、前をちゃんと見ていなかったようです。体調を万全に整えて出勤しないなんて、社会常識がありませんよね。ヤマボン様は、このような事故を絶対に許しません。安全に健康に働くのも仕事のうちです。今日も暑くなるので、水分補給をこまめにして、くれぐれも熱中症にならないようにしてください」

水分補給をこまめにと言われても、東京ドーム四個分の敷地面積の作業場に、給水器は六つしかない。気軽に水を飲みに行ける環境ではなかった。

リーダーがハンディ端末を配り始める。端末から伸びた紐を首にかけたり、手首に巻きつけたり、それぞれに身支度を整えると、作業場に散っていった。

初出勤の田畑が出遅れているのが目についた。困惑した表情でハンディ端末の画面を見つめている。

「見せてみろ」成瀬が声をかけた。

田畑のハンディ端末には、

『P－4　B328　E263
角栓取り　ピンセット　汎用型』

と表示されている。

「P－4ってのは、四階のこの作業場のことだ。B328は、Bゾーンの328番目の棚ということ。ゾーンはAからJまである。最後のE263は、棚の中で下から5番目のラックの263番目の仕切りに商品が入っているってことだ。商品のタグにハンディをかざすんだよ」

そのほか、細かい決まりは色々とあるのだが、説明している時間がもったいなかった。成瀬自身にも作業ノルマがある。

何か訊きたそうにしている田畑を残し、成瀬は早足で歩き始めた。カートにかごをセットし、自分のハンディ端末に表示された『F176』の棚へ急ぐ。「乾電池式モバイルバッテリー」のピッキングだ。商品を見つけ、バーコードをハンディ端末にかざすと「ピッ」という小気味のいい音が鳴る。この音を心地よく聞けるのは、一日の初めのほうだけだ。終盤になると疲れて、電子音ノイローゼのようになる。

画面には次のピッキング先が表示されている。『F769』。近いエリアであることに安堵する。ピッキング情報の下には『次のピッキングまで二十秒』と表示されている。二十秒以内に次の商品のバーコードを読み取らなくてはならない。

ハンディ端末が指示する時間内にピッキングできているかは、PTG、パーセンテージ・トゥ・ゴールとして記録されている。八割がた時間内にピッキングしていたら、PTGは80、六割なら60。

作業場の壁には、労働者の名前と前日のPTGがランキング形式で毎日掲示される。成瀬は平均よりちょっと上の位置にいる。昨日のビリは、最年長の茂である。『佐々木茂　担当エリアGゾーン　PTG58』と掲示されていた。これは珍しいことだ。茂はいつも低調ながらも最下位は免れていた。最下位を二回連続でとると懲罰ポイントが一点加算されてしまう。

成瀬は無心で身体を動かし続けた。

息があがってきたところで、腕時計を見ると十時過ぎだ。

出だしに田畑に構ったせいで、こなすべきピッキング数に達していなかった。昼休憩に入る十一時四十五分までに、巻き返さなくてはならない。

「あのう、すみません」唐突に後ろから声がした。

振り返ると、田畑が頭をかきながら近づいていた。

「これ見てください」

ハンディ端末を成瀬のほうに差し出す。

『P-4　G521　C463
工業用注射器　替針セット』

「これ、このあたりにあるはずなんすけど、どうも見つからなくって」

成瀬はイライラしながら周囲を見渡した。

「指定の棚を探してなかったんなら、リーダーに報告して。搬入の人が違う棚に入れちゃってることもある。そうなると重大品質事故だから、すぐ報告」

短く言うと、自分の次の棚へと急いだ。今の会話のせいでピッキングの制限時間を守れなかった。PTGが下がってしまう。

「あのう」後ろからまた声がした。

「だから、言っただろ。リーダーに報告して――」

乱暴に言いながら振り返ると、スーパーバイザーの山田《やまだ》が立っていた。長い髪を後ろで一つ結びにした、薄い顔の女だ。年齢はよく分からないが、四十前後に見える。

「すみません」成瀬はとっさに謝った。

上長への反抗的態度で、懲罰ポイントが加算されることがある。

「ちょっと詰所に来てほしいんだけど」

返事を待つこともなく、山田は歩きはじめた。成瀬は慌てて山田のあとを追う。山田の背には、「スーパーバイザー」と書かれた青いゼッケンがついている。未婚の母である山田は社員登用を狙っている。そのために無遅刻無欠席、ルール順守を徹底している女だ。

詰所の前につくと、「ヤマボンは、違法行為を絶対に許しません!」という特大ポスターが目に入った。

成瀬は肝が冷えた。業務中に呼び出しをくらうなんて、滅多にない。何かルール違反が露見したのだろうか。心当たりはないが、ルールの数が膨大なため、把握しきれていない可能性があった。

二十畳ほどの詰所の奥、パーテーションで仕切られた面談室に通される。

上座に、スーツ姿の男が二人座っていた。二人とも上背はないが、胸板が厚く、みちっとした身体つきをしている。険のある目つきで、無遠慮に成瀬の顔を見てきた。

すぐに刑事だと分かった。成瀬はよく職務質問にあう。直感的に警察官を見分けられるようになっていた。

「こういう者です」

二人の男のうち若いほうが警察手帳をかざして見せた。一瞬のことで名前までは見えない。

手帳を開き、下からのぞきこむように成瀬の顔を見て言った。

「お名前は？」

「成瀬正孝です」

「成瀬さん、先月まで、林《はやし》さんのチームにいたでしょ？」

「林さん？」成瀬は首をかしげた。「ああ、スーパーバイザーの人ですか」

二週間ほど前にチーム異動があったのは確かだ。前のチームでスーパーバイザーを務めていたのが林という男だった。だが印象は薄い。

「どういう人でしたか？」

「どうと言われても……軽作業の現場によくいる感じの中年男ですよ」

「よくいる感じというのは？」

「俺みたいなやつってことです。地味で、社交性がなくて、受け身。指示されたことだけを仕方なくやるタイプです。真面目でも不真面目でもない」

刑事は、右手に握ったボールペンの頭でこめかみをかいた。

「持病があると聞いたことは？」

「知りません。どうして刑事さんたちがそんなことを訊くんですか？」

刑事たちは互いに視線を交わした。年配のほうがうなずく。若いほうが口を開いた。

「この倉庫から、歩いて十分くらいのところにパチンコ屋があるでしょ。あそこの駐車場で、林さんが亡くなられていたんですよ」

「えっ」成瀬は低い声をもらした。「林さんが？」

目を見開き、刑事たちの顔をまじまじと見る。刑事たちは慣れた様子で、成瀬を見つめ返す。

「いつの話ですか？」

「昨日です」

「死因は？」

「心停止ですよ。外傷はないです。急に心臓が止まったみたいですが、原因は不明です。詳しいことは何も分かっていませんし、もし分かったとしても教えられませんけどね」

刑事は意地悪く釘を刺した。成瀬はムッとして視線を伏せた。

「昨日の午後三時頃、成瀬さんはどこで何をされていましたか？」

「アリバイ確認ってやつですか」

「いいから答えて」刑事が不機嫌そうに言った。

不遜な態度にいらだちながらも、成瀬は大人しく答えた。

「午前九時から午後五時まで、このフルフィルメント・センターにいました。昼休みは二階の食堂で過ごしたので、建物からは一歩も出ていません。ここのワーカーさんが勤務途中で外に出るなんて、まず無理ですからね」

「林さんを最後に見たのは？」

「さあ、分かりません。二週間前に別のチームになりましたから。昨日は見てませんよ」

素っ気なく答える。刑事は事務的に、「もう結構です。ご協力ありがとうございました」と返した。

公務員は嫌いだ。奴らは傲慢なのだ。どうせ俺のことを、見下している。犯罪者予備軍と見られているかもしれない。

成瀬は胸のうちでぼそぼそと、目の前の刑事たちを罵った。けれども反発の言葉を実際に口にはしない。根が気弱にできているせいだ。そういう自分が情けなくもあり、他方で、自分は冷静なだけだ、クールなのだと、自分に言い聞かせてみたりもしている。

この日ばかりは気弱な性格が吉とでた。事を荒立てないほうがいいと分かっていた。なんといっても、ついに林が死んだのだ。

作業場に戻りながら、心臓が高鳴るのを感じていた。

遠くに茂が見えた。制限時間オーバーでハンディ端末が点滅しているのを無視して、茂に近づいた。

「ついにやったんですね」

「おう」茂は親指を小さく立ててみせた。

「約束は？」

「もちろん果たすよ。今日の夜な」

成瀬はうなずくと、何事もなかったかのように持ち場へ戻っていった。

3

派遣社員の佐々木駿介《しゅんすけ》が死亡したのは、三カ月前のことだった。すぐに病院に運ばれれば生存の見込みはあった。だがヤマボンの報告ルールが悪い方向に働いた。

ヤマボンでは、病人の発見者がリーダーに報告し、リーダーがスーパーバイザーに報告、スーパーバイザーがヤマボニアンに報告して、安全衛生部の担当者からサイトトップにお伺いを立てたうえでないと救急に通報できない。死者や病人が出るとサイトトップの責任となるためだ。

結果として、現場から救急に連絡が入ったのは駿介が倒れているのを発見してから一時間後となった。病院搬送中に駿介は死亡した。

その翌日には、朝礼で淡々と報告がなされた。

「昨日、業務中に一名、死亡者が発生しました。装着していたリストバンドの各種数値は、死亡前日まで問題なし。ごく健康だったことが確認されています。突発的な発作による死亡ですが、皆さんもくれぐれも気をつけてください」

死亡前日まで健康だったとわざわざ発表するのは、過労死ではないことを強調したいためだ。死ぬのなら、健康なまま死んでくれ。それが企業の本音なのだろう。

この件で、サイトトップは本社から相当絞られたらしい。ヤマボニアンたちがトイレで噂話をしているのを耳にしたことがある。イエローカードが出ていて、次にこのような事故があったら、サイトトップはクビになるという。

茂がフルフィルメント・センターにやってきたのは、駿介死亡の一カ月後のことだった。茂を見てすぐ、駿介の父だと分かった。名字が同じだったし、目元がよく似ていたからだ。

「別に隠してるわけでもないけどね。気づいたのは、成瀬くんだけだよ。みんな、他人のことに構っている暇はないんだろうね」

意気投合して、茂とはたびたび飲みに行った。次第に、互いに愚痴を言いあうようになった。同世代の男には弱みを見せられないが、ずっと年上の茂に対しては、成瀬も自然と素直になれたのだ。

「俺は、スーパーバイザーの林ってやつを許さん」

安酒をあおりながら、茂は言った。

過去にリリースされた元派遣社員を通じて、茂は息子の死の経緯を知っていた。事情を知ったうえで、わざわざこのフルフィルメント・センターに就職したように見えたが、それを本人に確かめる勇気はなかった。

「駿介が死んだのは、林のせいだ。スーパーバイザーより上の人は、携帯電話を持っていた。スーパーバイザーの林に報告が上がった時点で、林が救急車を呼んでいたら駿介は助かったかもしれない」

「林さん個人ではなく、ヤマボンの報告ルールが悪いんじゃないですか？」

成瀬はやんわり指摘した。

「ルールのせいにはできない。林が正しく動きさえすれば、救えた命なんだ。仇《かたき》は討つよ」

「物騒なこと言わないでくださいよ」

「大丈夫。手はある。俺は低カリウム血症で、カリウムが多く含まれる薬を持ってる。この薬を健康な人に投与するとどうなるか分かるか？」

成瀬は首を横に振った。

どこまで本気か分からない茂に、困惑し始めていた。

「ポッと心臓が止まって、死ぬんだ。直前まで健康だった人がね」

茂はククッと笑って、お猪口《ちょこ》を空にした。

「しかもカリウムってのは血液に混じって、すぐにごちゃごちゃっとなってしまうから、解剖したって分かりゃしないよ」

こんなやりとりがあったから、林が死んだと聞いたとき、ついに茂がやったな、と直感した。

警察は昨日の午後三時頃のアリバイを訊いてきた。林の死亡推定時刻はその頃なのだろう。

茂は昨日の日中、ずっとフルフィルメント・センターにいた。午後三時頃にパチンコ屋の駐車場で林を殺すことはできないはずだ。どんな手を使ったのかは分からない。

だがついに、茂はやったのだ。

そう思うと、他人事ながら胸がすくようだった。

不思議と、被害者の林に対する同情心はなかった。茂が捕まらないといいけどな、と思いながら、ピッキング作業をだらだら再開した。

今日のノルマはどうせ未達だ。せっかくならもっと刑事たちと話し込んで、サボれるだけサボればよかった。昼休憩までまだ一時間以上ある。

林のチームメンバーたちには朝から順番に事情聴取をしたはずだ。それが一旦済んで、過去に関わりがある成瀬にまで調べが及んだのだろう。

昼休みに食堂に行くと、話題は林のことで持ちきりだった。

「お前も呼ばれたんだって？」

元のチームメンバー、藤本《ふじもと》が話しかけてきた。

藤本も成瀬と同じく、これといった特徴のない中年男だ。一緒にいて安心する反面、俺はこいつとは違うと思いたい気持ちもある。何が違うのかといえば、成瀬のほうが鼻が少しだけシュッとしているとか、腹回りが多少すっきりしているとか、その程度の違いである。

「林さん、昨日は半休扱いになっていたらしい。午後からは私用があるとかで早退したそうだ」

「それじゃ、どうして職場まで警察がくるんだ？」

警察は職場の人間を疑っているのだろうか。胸の内がひやりとした。

「あの人、家族もいないし、他に聞き込み先がなかったんだろ」藤本はコーヒーをうまそうにすすった。「でも気になることがあってな」

「気になること？」成瀬は定食のサバ煮を崩しながら訊き返した。

安くて温かい社食があることと、紅茶とコーヒーが飲み放題であることだけが、この仕事の良いところだ。

「俺、昨日の午後二時くらいに、作業場で林さんを見たような気がするんだ」

「でも林さん、午後は休みだったんだろ？」

「ヤマボニアンはそう言ってる。だが林さんは昨日の昼、普通に社食でメシを食ってたんだよ。半休の人間がメシ食ってから出るかなあ」

「コンビニで買うより、ここで食べていったほうがマシだと思ったんじゃねえの」

「そうかもしれない。でも俺、Ｇゾーンのあたりで林さんを見かけた気がするんだよな。十五分休憩の前だから、二時頃のことだよ」

「確かなのか？」

「間違いなく林さんだと思ったんだが、ヤマボニアンたちが、林さんは半休で一時前にはフルフィルメント・センターを出たって言うから、自信がなくなってきてな」

「その話、警察にしたのか？」

「してない。事情聴取の間も、ヤマボニアンたちがじっとこっちを見てたから。空気を読んだのさ。リリースされるわけにはいかないからな」

藤本には高齢の母がいる。預けている施設の利用料が馬鹿にならないらしい。だからこそ、週六日出勤というハードなスケジュールをこなしている。

「お前も気をつけろよ」藤本がコーヒーを飲み切り、カップをゴミ箱に投げた。「お前も、母ちゃんの面倒見てるんだろ」

成瀬は黙ったままうなずいた。

家には、介護が必要な母がいる。転倒して脚を骨折したのをきっかけに、寝たきりになってしまった。最近は腎臓の検査値も悪い。定期的にヘルパー訪問をお願いしているが、そのヘルパー代はかなりのもので、成瀬の生活を圧迫していた。

老齢の母のために金が要る。共通の事情ゆえに、藤本と成瀬は互いにシンパシーを抱いているのかもしれなかった。

「母さんのことは、もういいんだ」

成瀬が言うと、藤本は不思議そうに首をかしげた。

「まっ、お互いリリースされないように気をつけようや」

藤本は成瀬の肩をたたくと、食堂を出ていった。

入れ替わりで田畑がやってきて、正面の席に座った。

「成瀬さん」田畑は身を乗り出した。「ここのコーヒー飲みました？　まずくって、びっくりしたんすけど」

成瀬は何も答えず、手元のコーヒーを飲みほした。苦いものが喉を流れる。まずいとは思わなかった。藤本もうまそうに飲んでいた。所詮、貧乏人の舌だよ、と内心毒づく。

「午前中の欠品の件は、リーダーに報告したのか？」

念のため訊くと、田畑はむくれた顔でうなずいた。

「それが理不尽なんですよ。注射器は元から棚になかったって言ってるのに、俺が失《な》くしたんだろうって一方的に決めつけられて。始末書を書かされた挙句、懲罰ポイントが三点も加算されたんです。スーパーバイザーの山田さんって人？　あの人にも事情を話したんですけど、『ヤマボン様の言う通りにしてください』って言うだけで、取り合ってもらえなくて」

「山田さんは、社員登用がかかってるから、ヤマボン様に逆らえないんだよ」

周囲に山田がいないことを確認しながら、成瀬は言った。

「俺、全然、納得できないっす。注射器は誰かが間違えて別の棚に入れたんでしょ？　探しますよ、それ」

「余計なことはしないほうがいいぞ」

脅すように言ったが、田畑は首を横に振ると、作業場へ戻っていった。

午後の作業中、成瀬の思考は止まらなかった。考えるのはやはり、林のことである。

藤本が嘘をつくとは思えない。林は少なくとも午後二時頃まで、作業場にいたのだろう。林を見かけたのはGゾーンだという。壁の掲示を見上げる。

『佐々木茂　担当エリアGゾーン　PTG58』

昨日は茂もGゾーンにいたはずだ。そして棚から消えた注射器。

偶然とは思えなかった。

作業場に入るには、金属探知ゲートを通過する。カリウム薬を持ち込むことはできても、金属製の針がついた注射器を持ち込むことはできない。だから茂は、作業場に保管されているヤマボン商品を使用したのだろう。

使用済みの注射器をどこに捨てたのかは分からない。だが、東京ドーム四個分の敷地面積に雑多な商品がぎっしり詰まっているのが、このフルフィルメント・センターである。商品に紛れ込ませて当分のあいだ隠しておくことは可能だろう。

昨日の午後二時頃、茂は「棚の奥を見てほしい」などと言って、林を棚の陰に呼び出した。棚に首を突っ込んだ林の後ろから、プスッと注射器を刺す。これなら高齢の茂にも実行可能だ。蒸し暑い作業場では皆、半袖Tシャツを着ている。注射器を刺す箇所は十分に露出していたはずだ。

カリウムがどのくらいで効くのか分からないが、体調に異変を感じた林は早退を申し出たのだろう。時間休などないから半休扱いで職場を出る。すぐに帰宅すればよかったのに、パチンコ屋に寄ろうとしたところで倒れた。

ヤマボン側では、フルフィルメント・センターで何かがあったと疑われるのを嫌い、午後一時には作業場を出たことにした。

こういう経緯なのではないだろうか。

昨日に限って茂のPTGが低かったことにも理由があった。人を殺しながらピッキング作業なんてできやしない。

十五分休憩の放送が流れた。腕時計を見ると、午後二時半である。だらだらと食堂に向かって歩き始める。

入れ替わりでヤマボニアンたちが作業場を巡回し始めた。ごくまれに商品の盗難事件が起きる。作業場に人がいれば互いに監視しあうこともできるが、昼休みや休憩時間には作業場から人けがなくなってしまう。だからヤマボニアンが見張りに出てくるのだ。

食堂に入ると、田畑が駆け寄ってきた。

「成瀬さん、俺、やりましたよ」声が弾んでいる。「注射器、見つけたんです」

成瀬は驚いて、田畑を見つめ返した。広大な作業場の中で、すぐに注射器を見つけられるとは思えなかった。

「どこで見つけたんだ？」

「C468の仕切りの中ですよ。本当はC463の仕切りに入ってなきゃいけないんですけど、数字の3と8って、遠目で見ると似てるでしょ。老眼の人が間違えて入れたんじゃないですか」

老眼の人と聞いて、すぐに茂が思い浮かんだ。毎朝名簿にチェックを入れる際、老眼用ルーペを用いている。だが作業場にルーペは持ち込めない。

「見つけた注射器は、どうしたんだ？」成瀬はおそるおそる訊いた。

「当然、リーダーに報告しましたよ。重大品質事故ですからね。しかも、注射器の袋が一度開封されたような跡があったんです。これって、なんだか悪質ですよね」

茂は、使用した注射器を袋に戻し、元の仕切りに返そうとしていたのだろう。だが目が見えにくいために3と8を見間違えて、別の仕切りに戻してしまったのだ。

「いやあ、よかった。これで俺の始末書もなしになるかもしれないっす。注射器の袋ごと提出して、指紋を調べてもらうように言っといたから。ほら、働き始めるとき、指紋を登録したでしょ。あれと照合してもらえば、間違えた人がすぐに分かるじゃないですか」

「でも、色んな人の手が触れているんだから、指紋で特定なんてできないんじゃないか」

「何言ってんすか」田畑は呆れたようにため息をついた。「外袋はそうですけど、袋の内側には開封した人の指紋がべったり残ってるでしょ」

田畑は鼻歌を歌いながら、便所のほうへ消えていった。

指紋の照合なんて大げさだが、過去に実施されたことがある。ＳＤカードが大量に紛失した時期があったのだ。小さくて高価なＳＤカードは盗難の対象になりやすかった。ヤマボニアンたちは簡易指紋検出セットを使って、独自に窃盗犯を捕まえた。ヤマボンはルール違反を絶対に許さないのだ。

成瀬は慌てて茂を探した。

茂は食堂の隅で背を丸めて、コーヒーをすすっていた。

「茂さん、バレるかもしれないです」

声を抑えて話しかけた。茂はゆっくりと顔を上げた。

「注射器が見つかったそうです。指紋が残っているかもしれません。そしたらバレてしまいます。今のうちに逃げたほうが――」

成瀬は必死に訴えたが、茂の顔色はちっとも変わらなかった。

「成瀬くん、きみは優しいね。優しいせいで、損ばかりしてきたんだろう。そろそろきみも、自由になっていいんじゃないか」

「そんなことより、今は茂さんが」

「別にいいよ。もともとね、自首するつもりだったから。林の遺体が変なところで見つかったせいで、自首しそびれていただけなんだ」

食堂の入り口で、山田がきょろきょろしているのが見えた。茂と成瀬が座っているあたりを見て、山田の動きが止まった。ずいずいと歩いてくる。

「成瀬くん、約束のブツは、俺のロッカーの中にある。勝手に取ってくれ。俺は今日、同じ時間に帰れないだろうから」

茂はすっくと立ち上がった。山田が「佐々木さん」と声をかけるのと同時だった。

「ちょっと詰所まで来てもらえますか」

茂の返事を待つことなく、山田は歩き始める。茂は成瀬に向かって親指を立てた。

成瀬は茂の背中を見送ることしかできなかった。机の上には茂が飲み残したコーヒーが置かれている。田畑がまずいと言ったコーヒーだ。茂はうまいと言っていた。俺たちのコーヒーだ。田畑みたいな、何も分かっちゃいない奴がひっかきまわしたせいで、茂の計画は台無しになった。

育ちのよさそうな田畑の顔を憎しみを込めて思い浮かべた。あいつはきっと大学を出て、そこそこの企業に就職する。このフルフィルメント・センターでの仕事も、珍しい経験の一つとして人に話して聞かせるのだろう。俺たちにとっては、ここはどん詰まりの日常だ。それをあいつは、観光しに来ているだけだ。

猛烈に腹が立ったが、成瀬には何もできなかった。やはり、根が小心者なのだ。視界の端に入る田畑の茶髪にいらだちながらも、黙々とピッキング作業をするしかなかった。

茂のことはなるべく考えないようにしたが、どうしても頭をよぎった。

殺人罪で有罪になったら、懲役十年以上は固いだろう。七十歳の茂は、生きて娑婆《しゃば》に帰ってこられるとは限らない。となると、先ほどの会話が今生《こんじょう》の別れになるかもしれない。

茂本人はこれでいいと言っていたが、本当によかったのか。

茂とは二カ月ほどの付き合いである。入れ込む理由もないのだが、互いに悩みを漏らし合ったこともあって、他人とは思えなくなっていた。

「何にもない人生だったけど、息子が元気に暮らしてるだけで、俺が生きた甲斐があったんだよ。それが急に失われてしまって、黙っていられるわけないだろう」

酔いが回ると、茂はそう繰り返した。

「俺みたいな年寄りを養うために、駿介のやつは無理をしたんだろう。なあ、成瀬くんよ、きみも無理をしちゃいかん。親は子供の面倒を見るが、子供は親の面倒なんて見てやらなくていいんだよ」

そう言われると、成瀬のほうの気分もほぐれた。

日々の介護で疲弊していたのである。とにかく金がなかった。金がないと、時間がなくなる。長時間労働に、無料送迎バスによる長時間移動。安物を探して歩き回る時間や、プロに頼めなくて自分で母の面倒を見る時間。やることはどんどん出てきて、自分の楽しみにあてる時間などなかった。自分の趣味が何かなんて、もう思い出せなかった。楽しいという感覚すら、どこかに忘れてきたようだった。

茂と酒を酌み交わすわずかな時間だけは、しがらみのない自分自身に戻れるようだった。今の苦境を、誰かに認めてもらいたかったのかもしれない。よく頑張っていると、誰かに褒めてほしかった。

茂は唯一の理解者と言ってもよかった。その茂が、殺人犯として連行されかねない状況にいる。作業する手先が震えた。目の奥が熱くなるような感覚を覚えたが、涙は出なかった。最後に泣いたのはいつか分からない。泣きかたなど忘れてしまっていた。

あっという間に終業時間となった。退場のため再びゲートに並ぶ。二十分ほど待って、やっと作業場から出ることができた。パンパンに張った重い足を引きずりながら、ロッカールームに戻る。

ロッカールームに入った瞬間、成瀬は叫び声をあげそうになった。だが普段から声を出し慣れていない声帯のせいで、急に叫び声など出せるはずもなく、「ひいえ！」という奇妙な音が小さく口から漏れただけだった。

ロッカールームのベンチに、茂が座っていた。成瀬に向けて、親指を立ててみせた。

「茂さん」駆け寄って言った。「大丈夫だったんですか」

「おう、歩きながら話そう」

すぐに身支度を整えると、茂と連れ立って、送迎バス乗り場へと歩き出した。

4

「結論から言うと、俺は今日でリリースされた。だが、刑事罰はなしだ」

茂は声をひそめて言った。

「林の遺体は、なぜパチンコ屋で見つかったと思う？」

そんなことはどうでもいい、と言いそうになった。事情は分からないが、茂が警察に捕まらずに済んだのだ。それだけでよかった。

「体調不良を感じた林さんが早退して、パチンコ屋に寄ったからじゃないんですか」

成瀬がおざなりに答えると、茂は薄く笑った。

「やっぱり、きみは優しいな。甘いのかもしれない……。林は俺の目の前で、ぱったりと倒れたよ。そこから自力で移動できるわけがない」

「じゃあ、どうして？」

安物のリュックを背負い直しながら訊いた。

茂は水筒から水を飲むと、一気に言った。

「俺は二時ちょっとすぎに、林にカリウムを投与した。林は倒れた。すぐあとに十五分休憩があるから、食堂に向かう人たちのうち誰かが、林を発見するだろうと思っていた。ところが、棚の奥まった場所だったこともあり、誰も林を見つけなかったようだ。結局、休憩時間中に作業場を巡回していたヤマボニアンが林を発見した。そのときには、林は息を引き取っていたんだろう。そんな状況で、ヤマボニアンは何を考える？」

バス停に着いた。すでに人だかりができている。人波を避けるように進み、バス停の隅、ほとんどゴミ置き場に片足を突っ込むような場所で立ち止まった。

「ここならゆっくり話せるだろう」

茂は水筒にもう一度口をつけ、深呼吸して続けた。

「三カ月前に駿介が死んだ。サイトトップには、本社からイエローカードが出ていたんだろ。次に死人が出たら、クビだと」

「ヤマボン側が、林さんの死を隠蔽《いんぺい》したってことですか？」

成瀬はささやくように訊いた。

「そうだ」微笑みを浮かべて茂はうなずいた。「やつらは何も言わなかったが、林の遺体を外に運び出したのはヤマボニアンたちだろう。あのパチンコ屋の駐車場は、空き地を無理矢理ならして作った粗末なものだ。防犯カメラなんてものはない。車で遺体を運んで、駐車場に捨てた」

「トップの首を守るために、社員がそこまでしますかね」

「するよ。駿介のときだって、社員一丸となって事実をうやむやにしたんだから」

茂は皮肉っぽく笑った。

「でも、そんな企業体質が今度は俺を助けてくれたみたいだ。あいつらにとっちゃ、病死も殺人も一緒だ。死人が出た時点で、職場の安全管理が問われるんだから。林の死を職場と切り離そうと必死だったんだろう」

　ヤマボニアンたちは言葉を選びながら、茂を説得した。「あなたは何もしてない。いいですね。仕事は辞めてもらいますが、今回のことは、お互いに、何もなしで頼みますよ」と。それで茂はおとがめなしで解放された。文字通り、リリースだ。

　ヤマボンは、林のリストバンドのデータを警察に提出したのだという。直前までいかに健康だったかを立証するためだ。林が死んだのは職場のせいではない。突発的な出来事だったのだと。

「これでよかった、ってことですよね」成瀬が控えめに言った。

　ここにきて急に、林が気の毒に思えてきた。職場での病人救護が至らなかったせいで、恨みを買って殺された。組織ぐるみで犯行は揉み消され、最終的には病死扱いになるだろう。林とは特に親しくなかったが、さすがに不憫《ふびん》に思う。成瀬のそういうところが、甘いのかもしれない。こういう甘さのせいで、散々損をしてきたのだ。

　優柔不断な自分を振り切ろうと、小さく身震いをした。自由に生きるために決断していいのだ。自分自身にそう言い聞かせた。

「今回のことは、これ以上ない幸運だった。俺はもう、刑務所に入るところまで覚悟してたんだ。仕事はクビになったが、もともと仇討ちのために始めた仕事だ。日銭は別で稼げばいい」

　晴れやかに笑う茂に、何も言えなかった。これでよかったのだ。ともあれ、茂は捕まらなかった。それは喜ばしいことだった。

「ほら、これ」

　茂はポケットに手を突っ込み、プラスチック製の小瓶を差し出した。

「受け取ってくれ。きみはよく頑張った。自分を責めることはない」

成瀬は震える手で小瓶を受け取った。

中には、透明な液体が入っている。

「じゃ、達者でな」

茂はくるりと背を向け、駅のほうへ向かって歩き出した。

いつもは節約のために無料送迎バスを使っているはずだが、大義を果たした今となっては、電車賃くらいどうでもいいのだろう。

十分後にやってきた送迎バスに乗り込む。普段は到着時刻までアラームをかけて、車内で爆睡する。だがこの日は、まんじりともしなかった。身体じゅうがこわばって痛い。

駅前で降りると、化石のように凝り固まった身体を無理矢理に動かして、いつもの二倍の時間をかけて家に帰った。

自宅前には、手製の宅配ボックスが設置されている。大きなプラスチックケースで作った粗末なものだ。黒い蓋を開けて中をのぞくと、山の形を模した矢印マークがついたダンボールが入っていた。ヤマボンで注文した荷物だった。

小脇に抱えて、玄関をくぐる。

「ただいま」暗闇に向かって声を放った。返事はない。

腕時計を見ると、午後七時少し前だ。

奥の和室をのぞく。老母は案の定寝ていた。介護用のベッドの上で、海老のように身体を丸めている。その寝顔は穏やかで、幸せそうだ。

手荷物を畳に置いて、ダンボールを開封した。

細長い注射器が姿を現す。

ポケットからプラスチック製の小瓶を取りだした。ゆっくりと時間をかけて、液体を小瓶から注射器に移した。

手が震えているせいで、水滴がぽたぽたと垂れ、畳の上に染みを作った。

カリウム薬を分けてほしいと言ったとき、茂は何も訊き返さなかった。母のことは相談していたから、すぐに事情を察したのだろう。

「俺が使い終わったら、分けてやるよ」

茂はそう約束したのだった。約束は果たされた。

「母さん、これ以上、病気になってもらっちゃ困るんだ。ヘルパー代だけでかつかつだ。病院代なんて払えない。母さんに苦しい思いをさせたくない。……どうか、健康なまま、安らかにいってくれ」

注射器を握った右手は、がたがたと震えていた。それを左手でつかんで押さえる。右手と左手はせめぎ合いながらも、注射器ごと、徐々に母の腕に近づいていった。

# 五．最後のYUKICHI

零和十年「通貨の単位及び電子決済等に関する法律（通称：電子通貨法）」

# 1

「小銭〜小銭〜！」

俺は声を張りあげた。手に持った空き缶をすりこ木でカランコンと叩く。

「こちらは小銭回収業者ですうー。ご家庭内でご不要になりました五百円玉、百円玉、五十円玉、十円玉、五円玉、一円玉など、汚いものや重たいもの、どんな小銭でも回収いたします。お気軽にご相談ください。小銭〜小銭〜！　こちらは小銭回収業者ですうー……」

昼過ぎの住宅街に、強烈な日差しが降りそそぐ。最近は暑すぎて蟬の鳴き声すらしなくなってきた。鉄板焼きの鉄板みたいな道路をだらだらと歩いていく。

「小銭〜小銭〜！」がなり声を上げると、下校中の女子小学生二人が、俺を避けるように道の端に寄って、ひそひそと言葉を交わした。

「おうい、お嬢ちゃんたち、小銭を持ってないかい？」

「コゼニってなに？　新しいグミモン？」

ショートカットで快活そうな子が、道の端から顔だけ向けて訊いてきた。

「グミモンってなんだよ」

「おじさん、知らないの？　グルグルミーティングモンスターズだよお」

「ああ、あれか」さすがの俺も、コンビニでデジタルトークンを売っているのを見たことがある。小学生を中心に人気のアニメである。中華風でエキゾチックというか、日本のアニメには珍しい雰囲気で、一目見たら忘れない絵柄だった。

「お嬢ちゃんたち、小銭を知らんのか？」

二人は思いっきり首を横に振った。

彼女たちのか細い手首には黄色と青色のバンド式マネーウェアが巻かれている。店の端末にかざすと、その場で銀行口座の残高が減り、決済が完了するものだ。以前普及していたデビットカードの亜種といってもいい。子供用の端末だから、利用額の制限がついているはずだ。

「はあ～……なんつー時代になったもんだ」

独り言をこぼしながら、歩みを進める。

「ご家庭内でご不要になりました五百円玉、百円玉……」

日本で現金が廃止されて五年が経つ。世間はすっかり、小銭どころかＹＵＫＩＣＨＩのありがたみすら忘れてしまった。

現金廃止の波は海外から押し寄せた。はじめは「マネーロンダリング対策のため」という理由だったが、途中からは「感染症対策のため」というお題目も加わった。世界中で蔓延《まんえん》した感染症が、現金を介して広がっているという噂があったのだ。

この噂の真偽は不明なのだが、一旦汚いとされたものは永遠に汚いと思われてしまう。オッサンがオッサンであるだけで汚いと思われるように、な。

可哀想に現金の野郎も、その負のループにはまったのだ。

「あっ、あんた、ちょっと待ってえー」

脇の民家から、干からびそうな婆さんが顔を出している。

「これ、持って行ってくれるんかね？」

ビニール袋でぐるぐる巻きになった物体を差し出す。

受け取ってビニール袋を開けようとすると、婆さんは慌てたように顔をそらし、マスクをつけた。

「こんな炎天下にマスクをしてちゃあ、熱中症になっちゃうよ」

呆れて声をかけたが、婆さんは「年寄りをなめるんじゃないよ」と一蹴し、俺をにらんだ。

ビニール袋の中を検めると、招き猫のかたちをした貯金箱が出てきた。

「これは結構なものだ。もらっていいんか？」

「そりゃ、要らんからあげるけど。あんた、そんなもの集めてどうするの？」

婆さんはマスクの縁から訝しげな目をのぞかせている。

「俺の地元、佐渡島《さどがしま》では現金が使えるんだ。物々交換の一種だね。田舎の爺《じい》さん婆さんは、マネーウェアなんて使えないから」

ウラジオストクのギャングたちとの取引で、大量の現金が地元に流入していることは、あえて触れなかった。

「へえ、田舎の年寄りは遅れてるなあ」

婆さんはニタッと笑って鼻根をぽりぽりかいた。中指に指輪形のマネーウェアをつけている。ライオンをかたどった凝ったデザインだ。きっと十八金だろう。

「せいぜい気をつけるんだね」婆さんはしわがれた声で言った。「今どき現金なんて持ってたら、何されるか分かんないよ」

「ああ、婆さんも熱中症に気をつけろよ」

小さく手を上げて挨拶すると、俺は歩きだした。

小脇には招き猫の貯金箱を抱えている。半ズボンの後ろに引っかけたタオルを引っ張り出し、額の汗をぬぐう。そのままタオルを首にかけておくと、吹き出す汗ですぐにぐっちょりと湿った。すえたような汗のにおいが我ながら臭い。

だが気分は悪くなかった。招き猫の貯金箱には小銭がぎっちり詰まっているようだ。両替すれば一万円くらいにはなるだろう。久しぶりの収穫に頰がゆるんだ。

住宅街を小一時間練り歩き、自分のアパートに戻る。ぎしぎしと音を立てるボロい外階段を上ると、俺の部屋の扉の前に、兄の二平《にへい》が立っていた。

「三平《さんぺい》、どこをほっつき歩いていたんだ？」

「兄さん……」俺は早足で駆け寄った。「小銭集めだよ」

「今更そんなことをしてるのか」

軽蔑したような視線を向けてきた。「ハァ」と大きくため息をつき、黒いリュックサックを床にどさりと置いた。

「中を見てみろ」あごを俺のほうに向けた。

リュックサックの口を開くと、旧一万円札がぎっしり詰まっていた。

「このＹＵＫＩＣＨＩって、もしかして……」

「ああ、島にＹＵＫＩＣＨＩハンターがやってきた。ＹＵＫＩＣＨＩ狩りが始まったんだ」

二平は眉間に深い皺を寄せた。

「ウラジオストクとの取引がバレかねない。取り急ぎ、運べるだけのＹＵＫＩＣＨＩを持ってきた。俺は島に戻らなきゃいけない。三平、お前は、このＹＵＫＩＣＨＩをどこか安全な場所に隠しておけ」

「そんなこと急に言われても――」

二平は俺の言葉を無視して歩き出した。俺は、階段を下りていく二平の背中を見送ることしかできなかった。ぎしぎしと階段がきしむ音だけが響いていた。

2

国際的潮流におされ、零和《れいわ》十年、日本でもついに現金が廃止された。

直接的な引き金となったのは、米国輸出管理法の改正だった。現金を使用する企業とは取引しないこと、現金を使用する企業には制裁を科すことなどを定めたものだ。米国は自国の領域外にも当該法律を適用する、いわゆる「域外適用」を開始した。

日本企業には激震が走った。

経済産業省や消費者庁に盛んにロビーイングを行い、「ジャパンキャッシュ・キャンペーン」という現金拡大運動を展開した。日本製の現金には、透かし一つとっても、職人技が詰まっている。今こそ日本の現金の美しさを世界に――と訴えたものの、国際的な賛同は得られなかった（脱電子レンジを訴えていたストックホルムのオーガニック系団体が賛同表明を出しただけだ）。

ついに企業は方針を転換し、消費者の現金使用を抑制する政策立案を官邸に働きかけるようになる。大企業の取り組みに引きずられるように、消費者からの現金払いを断る店が徐々に増えていき、国民の間で電子決済が急速に普及していった。

子供用マネーウェア「おこづかいバンド」が、大人気アニメ、グルグルミーティングモンスターズとのコラボ商品として発売され、一大ブームになる。その年のサラリーマン川柳では「ピピッとな　子供が先に　キャッシュレス（雅号：パパは現金派）」が優秀百句に入選した。

このような中で、解散総選挙をも見越した国民投票を経て、現金廃止が決定したのだった。「通貨の単位及び貨幣の発行等に関する法律」が廃止され、新たに「通貨の単位及び電子決済等に関する法律（通称「電子通貨法」）」が制定された。

これまで流通していた日本銀行券と貨幣は強制通用力を失った。もっとも、物々交換の一種として現金をやり取りすることは妨げられない。電子決済に対応できない一部の貧困層、銀行口座を開けない反社会的勢力の間では依然として現金が流通していた。

さらに、一部の高齢者たちも電子決済にはついていけなかった。田舎のスーパーマーケットや日用品店では引き続き現金が使われている。ロハス系の若者たちの中には、あえて地方に移住し、「脱電子生活」を営む者も出てきた。

結果として、日本は世界でも有数の現金残存国となり、かっこうのマネーロンダリングの舞台となった。

国際的なギャングたちは、違法薬物の売買対価として日本銀行券一万円札（通称「ＹＵＫＩＣＨ

Ｉ」）を受け取り、ＹＵＫＩＣＨＩを日本の地方で農作物や魚介類に換え、それらをさらに換価することでマネーロンダリングを行った。

当初はレアルや元といった複数の国の現金がマネーロンダリングに使用されていたが、次第に偽札が流通するようになる。そこにきて日本の職人技、透かし技術をはじめとする高度な偽造対策が施されたＹＵＫＩＣＨＩが重宝された。闇取引における交換方法は、ＹＵＫＩＣＨＩに一本化されていく（このあたりの経緯は、高村純市郎《こうむらじゅんいちろう》著『ＹＵＫＩＣＨＩが天下を取った日』に詳しい）。

日本の農村・漁村は、マネーロンダリングのおかげで好景気に沸き、現金使用の慣行がより強くなる。

日本政府は、マネーロンダリングに関する金融活動作業部会（通称「ＦＡＴＦ」）から、国内の現金使用を抑制するよう、たびたび強い勧告を受けた。ところが、農村・漁村を支持基盤に持つ政権与党は、現金使用を禁止する法案を可決することができない。

最終的に、金融庁と警察庁の職員を中心とする「ＹＵＫＩＣＨＩ不正利用対策室」を設置することでお茶を濁すことになった。当該対策室の職員（通称「ＹＵＫＩＣＨＩハンター」）がマネーロンダリングの恐れのある取引を取り締まるようになったのだ。

3

今になってＹＵＫＩＣＨＩハンターの動きが活発になっている。俺の地元、佐渡島も例外ではないようだ。

『……新型ウイルスの感染者数は、過去最高の四万五千人を記録し、飲食店でも感染症対策に熱が入っています』

テレビから、ナレーションが流れてくる。画面は切り替わり、どこかの商店街の店先が映し出された。

「現金をお持ちの方（財布をお持ち等、現金をお持ちと思われる方）の入店は固くお断りしています」と貼り紙が出ている。

店主らしき中年男性が映り、『やはり、他のお客様に不安感を与えないよう、現金をお持ちの方には入店をご遠慮いただいています』と語った。

「なんだよ、またこれかよ……」

独り言が漏れた。

最近は外出も滅多にせず、実家から送られてくる農作物を料理して食べていた。金がなかったのである。それに、感染症の流行により自宅にいることが推奨されたため、無職の俺は素直に従ったというのもある。ぼんやりと過ごしていると、一年くらいはあっという間に過ぎた。

恥ずかしながら齢《よわい》三十五にして、実家からの仕送りを受けていた。集めた小銭を実家に送ることもあったが、すると律儀に同額の電子マネーが俺の口座に振り込まれた。だがそのお金も、酒を飲んだり、パチンコをしたりしているうちにすぐに消えてしまう。

光熱費を節約するために、テレビはほとんどつけていなかった。それでも、現金保持者が忌み嫌われていることは、肌で感じていた。

世の中はいつの間にか、ＹＵＫＩＣＨＩを毛嫌いするようになっていた。

俺だってマネーウェアは持っていたし、普段の買い物は電子決済ですませている。電子決済と比べると、現金払いは面倒だとは思っていた。だが、現金を親の仇のように忌み嫌う人には閉口してしまう。

テレビで得た断片的な情報によると、感染症のさらなる蔓延により、国民の「不安感」が高まった結果、現金を取り締まるべきという世論がより高まったようだ。それで、かたちばかりの組織だった「YUKICHI不正利用対策室」が、現金の取り締まりに本腰を入れ始めたのだろう。

俺はため息をついて、頭をかいた。

二平が残していったリュックサックの中にはYUKICHIがぎっしり詰まっていた。数を数える気力も湧かないが、数千枚は確実にあるだろう。

先ほどまで大事に抱えていた招き猫の貯金箱に視線を移す。こちらは両替したところで、せいぜいYUKICHI一枚ぶんだ。自分のしていることのみみっちさに、嫌気がさしてくる。

俺の家は代々、米農家だ。

現金が廃止されてからは、一番上の兄、一平《いっぺい》が米農家を継ぎ、次兄である二平はウラジオストクからの密航者とのやり取りを担当している。密航者たちはYUKICHIで大量の米を買っていく。むろん、マネーロンダリングのためだ。

三男である俺は、家業の農家を手伝っていたが、次第に身の置き所がなくなってきた。東京に拠点を移し、家庭に眠っている小銭を集めるようになる。都会では無用の品だが、田舎に持っていけば使用できる。小銭集めはかっこうの小遣い稼ぎだった。

『さて、特集です。今年五十六度目の猛暑日となった今日、少しでも涼を感じようと、各地で打ち水フェスティバルが開催され……』

テレビからは明るいナレーションが流れてくる。

そのとき、ポケットの中の携帯電話がブルッと震えた。緩慢な動きで取り出すと、二平からのショートメッセージが入っている。

『にげろ、あいつらがつけていた』

書かれているのはこれだけである。慌てて二平に電話をかけたが、つながらない。

ＹＵＫＩＣＨＩハンターが二平のあとをつけていたのだろう。俺のアパートを訪ねたことも割れているはずだ。

俺はリュックサックの口を閉めて背負った。家を出ようとして、ふと、招き猫の貯金箱を振り返る。招き猫の黒目がちの垂れ目が、じっとこちらを見ている。一瞬迷ったが、部屋の中に引き返して、貯金箱を小脇に抱えた。

ＹＵＫＩＣＨＩハンターは一定の刑事捜査権を持っている。令状を取って部屋を捜索するかもしれない。大量の小銭が見つかったら、おそらく俺も地元の親戚も、立場が危うくなる。小銭も持っていくしかない。先ほどまで誇らしかった重みを、急に負担に感じた。

ドアを慎重に開け、首を左右に振って、アパートの廊下を見渡す。誰もいない。廊下の手すりの隙間からアパートの周辺に視線を走らせる。人影はない。

十中八九、やつらは引き続き二平を尾行している。「ＹＵＫＩＣＨＩ不正利用対策室」には、そこまでの職員数がいないはずだ。二手に分かれて俺に張りつくことはできなかったのだろう。とりあえず俺の部屋の住所を押さえておいて、後日、調べるに違いない。

だから今のうちに逃げろというのが、二平からのメッセージだ。

なるべく足音を消して、アパートの外階段を下りた。最寄りの駅とは反対の方向に歩きだす。自然に歩いたほうがいいのに、どうしても早足になる。

行き交う人がちらちらと自分を見ているような気がする。しばらくして、それは気のせいではないと分かった。

十分ほど歩き、中規模の公園に入ったところで、中年の女に話しかけられた。

「お兄さん、それ、貯金箱よね？　現金を持ってるの？」

女は、俺の左腕を指さした。俺は、招き猫の貯金箱をむき出しで持っていた。

「公園では小さい子供たちがたくさん遊んでいるの。現金を持った人が来ると、子供たちが怖がるから。悪いけど、遠慮してほしいんですよ」

「怖がるって、なんで……」

「だって、今どき現金を持ってるなんて、ヤクザとか、その筋の人たちでしょ。周りの人が怯えちゃいますよ」

女はじっと俺の顔を見た。俺は慌てて顔をそらし、「すみません」と言って、踵を返した。女に顔を覚えられるのは得策ではない。せめて貯金箱を何かの袋に入れてくればよかったと思ったが、今更遅い。

いっそ貯金箱をどこかに捨ててしまおうかと考えを巡らしていると、頭の中で、小太りの男のシルエットが浮かんだ。

同郷のダチ、田村拓郎《たむらたくろう》である。

俺と同じ時期に島を飛び出し、都内で暮らしている。五百円玉貯金箱を集めることに執着している男だ。この貯金箱は五百円玉専用のものではないが、適当にごまかして、拓郎に押し付けてしまえばいい。

早速拓郎に電話をかける。ツーコールで拓郎は出た。

「おいっ！　無言電話なんて、卑怯《ひきょう》だぞッ」

電話口で拓郎が思いっきり怒鳴るので、俺はとっさに携帯電話を耳から離した。

「俺だよ、三平だ」気を取り直して、電話の向こうの拓郎に語りかける。「どうしたってんだ拓郎」

「三平？」しばらく沈黙が続き、「そうか三平かあ」と途端に柔らかい口調になった。

「急ぎの用件なんだ。どこかで会えないか？」

「ええ、今はなあ、ちょうど僕、家から逃げてきたところで、どうしようかと思っていたんだ」

「家から逃げてきた？」

電話口から大きなため息が聞こえた。

「最近、僕の近所の自治会でもＹＵＫＩＣＨＩ自警団が結成されたんだよ。あいつら、現金を介して感染症が広がると妄信してやがる。現金を持っているやつらをつるし上げるために、毎日毎日、顔を突き合わせて会議をして、地区の見回りを強化してと、獅子奮迅《ししふんじん》の働きだよ」

自警団のメンバーはどこからか拓郎の貯金箱収集の話を聞きつけたらしい。現金を捨てるよう、連日自警団がやってきた。拓郎はこれを拒否し続けていたが、次第に近所で拓郎の現金所持が噂になり始める。ついに無言電話がかかってくるようになった。部屋の窓に卵が投げつけられたこともあるという。

「無言電話って、携帯電話に？」

「そうだよ。回覧板に電話番号を載せていたのがいけなかったみたいだ」

ついに今日の午後、自警団が大勢の住民を引き連れて、拓郎の家にやってきた。拓郎は一番大事な貯金箱だけ持って、女の家に逃げ込んだという。

「今も女の家か？」

「いや、ずっと家にいるのも気まずいから、パチンコ屋に向かっているところだ」

場所を聞き、三十分後にはパチンコ屋近くの喫茶店で落ち合った。拓郎は相変わらず丸々と太っていて血色も良かったが、目の下には濃いクマができていた。

「眠れてないのか？」

拓郎は、アイスコーヒーを片手に持ったままうなずいた。

「いつ襲われるか分からないと思うと、自然と眠りが浅くなって……そういえば、タカの話を聞いたか？」

俺は首を横に振った。タカは拓郎と同様、地元のダチである。

「あいつ、佐渡ナンバーの車で仙台に行ったら、行く店行く店で入店を断られたらしいぜ。佐渡の人間は現金を持っているから、感染症も持っているだろうと。そう思われているみたいだ」

「あんなに綺麗好きの男もいないだろうに……」

タカはトイレから出るときに手を洗うだけでなく、いちいちうがいをするような男だった。口がうがい薬臭いという理由で女に振られたこともある。そのタカが入店できないとなると、店に入れる生き物はアライグマくらいになってしまう。

「僕の近所だと、現金収集マニアのお爺さんの家への放火事件もあった。家の中にはＹＵＫＩＣＨＩが大量にあったから、よく燃えたらしい。ひひひひ……」

拓郎が引きつった笑いを漏らした。拓郎は昔からこの奇妙な笑い方をするが、温和な丸顔にちっとも似合っていない。

「とにかく、俺は兄さんから預かった現金を隠さなきゃいけない」俺は話を本筋に戻した。「だが俺には、小銭まで持ち運んでる余裕はない。これ、もらってくれないか？」

招き猫の貯金箱をテーブルの下で差し出す。拓郎は貯金箱を手にして、眉をひそめた。

「いつもなら喜んでもらうんだけど……今、女の家にいて、手持ちの小銭もこっそり隠してるくらいなんだよ」

拓郎は身を乗り出した。

「おい、三平。ＹＵＫＩＣＨＩをどこに隠すつもりだ？」

「アテはないが……人けのない山にこっそり隠すかな」

「僕の小銭も、一緒に隠させてくれ」

「しかし、二人で出歩くとそのぶん目立つし、ＹＵＫＩＣＨＩハンターが追ってくるかもしれない」

「頼む。小銭を……小銭を守りたいんだ」

拓郎の目は真剣な熱を帯びていた。三十年近い付き合いで初めて見る顔だった。

拓郎は幼い頃から、小銭くらいの大きさのものを愛していた。海辺で貝殻や石ころを拾っては集めていたし、地域の年寄りからもらったビー玉を大事にしまい込んでいた。現金を触るようになってから、小銭を詰め込んだ段ボールに手を突っ込んでかき回し、あずき洗いのようにショキショキチャリンチャリンと小銭を愛《め》でていた。小銭を手ですくってにおいを嗅ぎ、手についたにおいすら嗅ぐ。

俺は実家のことを思い出した。母屋の裏には、米蔵と札蔵があった。お気に入りは札蔵である。ＹＵＫＩＣＨＩがみっちり貯蔵されていた。三重扉を一枚ずつ開いていくと、ふんわりと古い紙のにおいが鼻先をかすめる。

「分かった。とにかく、急ぐぞ」

短く言うと立ち上がった。

一平が米を作り、二平がＹＵＫＩＣＨＩに換えた。俺は一体、何をしたというのだ？　拳をにぎりしめた。

――ＹＵＫＩＣＨＩは俺が守る。

「女の家はどこだ？　小銭たちを迎えに行くぞ」

俺が言うと、拓郎は目を赤くしてうなずいた。

4

商店街を抜けて住宅地を五分くらい歩くと、拓郎の女のアパートについた。

俺のアパートと大差のないボロい建物だが、女の部屋の扉には鍵が二つ付いている。一つは後から自分で取り付けたものらしい。共用部分も、女の部屋の前のところだけ、綺麗に掃き清められている。掃きだめに鶴《つる》というべきか、この劣悪な環境に決して屈しないぞという女の意地のようなものを感じた。

表に面した窓から光が漏れている。残念ながら女は在室しているようだった。

俺を廊下に残して、拓郎は扉を開けた。

「おうい、ミキィ！　帰ったぞ」

「あんた、ちょっとー！　これ、どういうことなのッ？」

女の金切り声が響いた。

恐る恐る部屋の中をのぞくと、玄関からつながった廊下の先で、女が仁王立ちのお手本のような姿勢で屹立《きつりつ》している。居間の灯《あか》りを背後から受けて、武神のような荘厳な輝きを放っていた。

女は鬼の首でもとったかのように、右手に握った物体を掲げた。目を凝らして見ると、それは豚形の五百円玉貯金箱である。

「おい、お前、それは……」拓郎があわあわするも、女は冷徹な視線を返すだけだ。

「あんたのボストンバッグの中から、現金が出てきたよ！　もうチャリンはやめると誓ったじゃないか。あんたがチャリンを持ち込んだことは、地区のＹＵＫＩＣＨＩ自警団にも通報した。あんたがいつまでもチャリンとの縁を切らないからだよ」

チャリン——現金を指す隠語である。シャブ、チャカ、チャリンと禁制品のように並べ称されるのは、日常的に現金を使う者たちにとっては侮蔑に等しい。

「こんなものッ」

女が豚の貯金箱を床に叩きつけようとした。拓郎が慌てて両手で豚の脚をつかむ。女と拓郎の押を殴りつけた。

し合いが続いた。女はふっと力を緩めるように一歩下がると、空いているほうの手でしたたか拓郎の側頭部に振り下ろす。

「うう……」と低い声を漏らしながら、拓郎はよろめいた。そのすきに女が豚の貯金箱を拓郎の側頭部に振り下ろす。拓郎はとっさに両手で貯金箱をつかみ、そのまま後ろに身を引いた。拓郎が身を引いたことで、女はつんのめった。そのままバランスを崩して倒れ込み、下駄箱の角でこめかみを打った。「ドスッ」と鈍く響く音がしたので、悪い予感がした。

俺は女に駆け寄った。女はぴくりとも動かない。

「こいつ、死んでるぜ……」

二人は目を見合わせた。首筋に汗がたれるのを感じた。

「け、警察にッ……」

携帯電話を取りだした拓郎の手を押さえた。

「警察はダメだ。俺たちが疑われて、現金まで証拠として押収されちまう」

拓郎はごくりと唾を飲み込んだ。「それもそうだ」

そのとき、部屋の外からかすかに選挙カーのアナウンスのようなものが聞こえてきた。

『こちらは○×地区YUKICHI自警団です。地区内にYUKICHIを持ち込んだという通報がありました。YUKICHIを持ち込んだ者に告ぐー！　速やかに、地区の外に出なさい。速やかに――』

「おい、行くぞ」

「いい女だったってのに。潔癖なのが玉に瑕《きず》だったたな」

動かなくなった女を見下ろしながら、拓郎は豚の貯金箱を持ち直した。部屋の奥に入って紙袋を二つ持ってきた。俺は自分が持っていた招き猫の貯金箱を手渡す。

拓郎は手を差し出したが、ツルッと貯金箱を取り落とした。

「アッ！」俺はとっさに腕を伸ばして、貯金箱をキャッチする。紙袋に直接入れてやった。

「小銭の触りすぎで、掌紋が潰れちまったんだ。手のひらがツルツルして、生活しづらいったらありゃしない」

愚痴をこぼしながら、拓郎は大切そうに紙袋を抱えた。

連れ立って表通りに出る。

商店街のほうから人がぞろぞろと歩いてくるのが見えた。中華鍋を持ったコック、物干し竿《ざお》を持った生活用品店店主、アイロン台を盾のようにして歩くクリーニング屋のおばちゃん。きょろきょろと周囲を見渡しながら、練り歩いている。

「おいおい、やばいだろ、あれ」

俺が言うと、拓郎がにやりと笑った。

「ＹＵＫＩＣＨＩイジメは草の根レベルで盛り上がってるからな。僕も家にいられなくなったくらいだ」

足早に隣駅へ向かった。最寄りの駅に行くには商店街を通る必要がある。少し離れているが、商店街と逆方向に行くことにしたのだ。

待ち伏せしている誰かが物陰から飛び出してくるかもしれない。鼓動が速くなった。ビルとビルの間に差し掛かるたびに警戒の視線を走らせる。

ふと、前方に俺と同じくらいの年格好の男が小走りで移動しているのが見えた。黒いリュックサックを背負っている。

もしやアイツもＹＵＫＩＣＨＩを――と思っていると、すぐ脇の道から灰色のフィッシングベストを着た中年男が飛び出してきた。大きいトートバッグを抱えている。俺たちにぶつかりそうになったときに、チャリンと音がした。

拓郎が「あっ」と声を上げて、男の顔を見た。男は狼狽《ろうばい》したように顔をそらす。

「お前、小銭を持ってるだろ」

逃げ去ろうとする男の手首を拓郎がつかんだ。だが掌紋が潰れているせいか、つるりと抜けられてしまう。

「うるせえ。俺は、俺は……小銭を守るんだッ」

男はそれだけ言うと駆け出した。

よく見ると、周囲では老若男女問わず、それぞれが大きな荷物を抱えて隣駅へ急いでいた。年齢は四十代か五十代くらいが多いが、ちらほらと七十、八十を超えているような者もいた。

交差点のところで、八十を確実に過ぎた爺さんが背を丸めて、布袋を引きずっていた。布袋からはひらひらとＹＵＫＩＣＨＩがこぼれて、尾をひくように爺さんの後ろを舞っている。

「おい、爺さん、落としてるぞ」

路上に落ちたＹＵＫＩＣＨＩをかき集め、爺さんの布袋に入れてやる。

「あー、なんだ、お前ッ！　おらの聖徳太子に何をするッ！」

爺さんは腕をめちゃくちゃに動かして、俺を遠ざけようとする。

「や、やめろよ」身を離しながら言う。「聖徳太子じゃねえよ。今はもうＹＵＫＩＣＨＩだっつーの」

爺さんを追い越して先を急いだ。

あたりはもう、現金保持者たちの大行列となっていた。乱暴に自転車が通り過ぎる。車道には自動車が大行列を作っている。渋滞に腹を立てた者は自動車を捨てて、歩き始める。捨てられた自動車が通行の邪魔になり、新たな渋滞を生む。

炎天下、ハァハァ言いながら、何とか駅にたどり着いた。

「とりあえず、下り電車に乗って、三鷹《みたか》のほうに行くぞ。人けのない場所へ――」

言い終わる前に、口をつぐんだ。

駅の様子は異様だった。改札前から見える二階のホームには、人がぎゅうぎゅう詰めに立っている。そもそも改札に入るのにも大行列ができていた。

「さっきの小銭のオッサンを見つけて話を聞いてきた」

拓郎が低い声で言った。

「ＹＵＫＩＣＨＩハンターが一斉にガサ入れを始めたらしい。それでここらの住民は慌てて出てきたんだ。見てみろ。みんな現金は汚いとか、マネーウェアで十分だとか言っておきながら、家には結構ＹＵＫＩＣＨＩをため込んでたんだ。それでＹＵＫＩＣＨＩ狩りが始まった今になって、慌てて逃げ出した」

「だからか……」混みあっているホームを見上げた。「みんな三鷹のほうを目指しているんだ」

人けのない山の中にＹＵＫＩＣＨＩを隠しておこうと考えるのは皆同じというわけだ。

「おい、これ、見ろよッ……」

拓郎が携帯電話の画面を差し出した。SNSの投稿が表示されている。

『○×地区でYUKICHIを発見。成敗！』

というコメントとともに、コック姿の男が中華鍋を振り下ろしている。写真の端には腕があらぬ方向に曲がった男の身体が転がっていた。

画面をスクロールすると、「やりすぎ」とたしなめるコメントもついているが、おおむね「さすがです！」「自衛行為として仕方ない」「YUKICHIを持ち込むほうが悪い」といったコメントが多勢である。

「商店街のほうに行ったらヤバかったな」

周囲を見渡しながら言った。駅に入ったところで電車に乗ることもままならない。自転車も車もない。

「そうだ、村岡一郎《むらおかいちろう》はどうしてる？」

拓郎に尋ねた。

村岡一郎は北朝鮮の政府関係者とアワビ取引をしていた福井の漁師だ。「アワビの一郎」といえば、北陸のドンである。一郎の一味に頼れば、移動手段を確保できるかもしれない。

「お前、ハァ……」

拓郎があからさまにため息をつき、憐《あわ》れむような視線をこちらに向けた。

「聞いてないのか？」

「一郎がどうしたんだよ？」

「一カ月前から行方不明になってる」拓郎は暗い目で言った。「東京の商工会に出かけて行ってから消息を絶った。家族からは捜索願が出されているが、果たして警察がどれだけ真剣に探してくれているか」

「身代金《みのしろきん》の要求なんかはないいんだよな？」

拓郎は首を横に振った。「おそらく一郎は、この世にはもう……」

「なんてこった。いつからこの国は無法地帯になったんだ」

感染症の流行で何十万人もの人が死んだ。大切なイベントが中止や延期になった人もいる。その怒りの矛先がすべてＹＵＫＩＣＨＩに向かっている。政府もこれを表立って止めようとしない。怒りが政権に向けられるよりましだからだ。

憐れ、ＹＵＫＩＣＨＩの野郎、スケープゴートにされちまった。

「フグテツはどうだ？」

拓郎が言った。俺はハッとして携帯電話を取りだした。

韓国系マフィアと取引をしていた山口のフグ漁師、田中哲也《たなかてつや》。通称「フグテツ」である。腹の据わった大男で、山陽の漁師らを束ねている。

フグテツに電話をかける。コール音が五回、六回と重なっていくも、出ない。嫌な予感がした。十コールまで待ったところで、やっと出た。

「三平、なんだよ」

フグテツは声を潜めるように言った。

「今、拓郎と一緒に逃げてるんだ。ＹＵＫＩＣＨＩの隠し場所を探してる。あんたのとこの若い衆で、車を出せるやつはいないか？」

ゴソッゴソッと電話口から物音がした。しばらく沈黙が続く。異様な雰囲気を察して息をのんだ。

「今な」フグテツのしわがれた声がして、ほっと胸をなでおろす。「ちと、ＹＵＫＩＣＨＩハンターにマークされていて、北関東へ逃げてるんだ。そしたら、地元の自警団に見つかっちまって。仲間も散り散りになって、路地のゴミ箱の裏に隠れてる――」

「俺たちと同じような状況だな」

「そっちもそうなのか。どこにいる？」

「東京の――」

とそのとき、「オラァッ」という怒鳴り声が電話口から響いた。ガタン、と携帯電話を取り落とすような音が続く。

「てめえ、なめんじゃねえ。こちとら四代前からフグ漁やってんだ」

音が少し遠いが、フグテツの声だ。

「捕まえろ！」「男一人だ」「周りを囲んで、そうだ、ゆっくり距離を詰めろ」

雑多な声が流れ込む。

「ワッ！　こいつ何か投げやがった」

「フグの毒だ。くらいやがれ。オラオラオラァッ――」

絶叫に近い声が聞こえ、続いて「ああ？　何しやがるんだ、てめえら……おい、やめろッ」とフグテツのうめき声がしたところで、電話が切れた。

携帯電話を耳から離し、拓郎と顔を見合わせる。

「フグテツ、やられたかもしれない……」

拓郎の顔がさっと青くなった。「冗談言うなよ。あのフグテツだぞ――」

「こちら駅前のロータリーに来ています」場違いな明るい女の声がした。

振り返ると、どこかのテレビ局の撮影クルーが俺たちのほうにカメラを向けている。

「現金を所持した人々が押し寄せ、地域住民からは不安の声があがっています。それでは、通行人に話を聞いてみましょう」

マイクが向けられる気配を察して、俺は駆け出した。めちゃくちゃに住宅街の中を走る。後ろから拓郎が追い付き、横に並んだ。

拓郎に向かって叫んだ。「とりあえず、ここから歩ける範囲で、見つかりづらいところに逃げよう」

「見つかりづらいところって？」

「新宿か渋谷か、とにかく人が多いところだ。下手に住宅街にいると、余所者《よそもの》は怪しまれる」

日差しは徐々にかたむいてきた。長く伸びた自分の影から逃げるように、東へ向かった。

5

神泉《しんせん》から道玄坂《どうげんざか》を下る。時刻は午後五時を過ぎたところだ。肩がぶつかりそうなくらい多くの人が行き交っている。

信号待ちをしながら、大きく息を吐いた。これだけ多くの人の中に紛れてしまえば、ＹＵＫＩＣ

ＨＩハンターに怪しまれることもないだろう。

ほっと胸をなでおろしたのも束《つか》の間《ま》、隣で拓郎が「やばいな」とつぶやいた。

「ミキの死体が発見された。もうネットニュースに出てるぜ。事件と事故、両方を視野に入れて捜査するらしい」

胸のうちがひやりとした。俺が容疑者として逮捕されたら、ＹＵＫＩＣＨＩを大量に持っていることが露見してしまう。実家にも捜索が入り、ウラジオストクのギャングたちのマネーロンダリングに関与していることも発覚するだろう。

そもそも、ミキと揉めたのは拓郎だ。拓郎と行動をともにしているせいで、俺まで疑いの目を向けられかねない状況なのだ。いっそ拓郎とは別行動にしたほうが――と思っていると、前方に交番が見えた。交番の前では、警察官が両手で警杖《けいじょう》を地面に突き立て、だらしなく体重をかけている。

ここで立ち止まったり、引き返したりすると怪しまれる。さっさと通り過ぎてしまおうと、息を止めるようにして足を速めた。

駅に近づくにつれて、拡声器の声が聞こえてきた。

「現金はんたーい！　ＹＵＫＩＣＨＩは出ていけー！　現金はんたーい！」

シュプレヒコールの声は徐々に大きくなっていく。

「駅前で集会でもやってるのかもしれん」拓郎が言った。「今日のところはビジネスホテルでも取って、隠れているのが得策かもしれないな」

「それなんだが……」一瞬、言い淀《よど》んだが、思い切って口にする。「俺たち、別行動にしたほうがよくないか？」

拓郎の顔色がさっと変わった。

その目には、はっきりと軽蔑の色が浮かんでいた。

「僕といると、ミキのことで警察にマークされかねないと思ってるんだな？　お前、ダチを見捨てて、自分だけ助かるつもりか？」

宙で視線がカチンとぶつかり、気まずい沈黙が流れた。

「そういうわけでは――」

とっさに口をつぐんだ。

雑居ビルの陰からこちらをうかがうようにして見ている男がいる。茶髪で若い。せいぜい二十歳くらいに見えた。学生かもしれない。

その男は、俺たちをじっと見ると、おいでおいでとでも言うように手を動かした。

「なんだあいつ？」

「さあ」拓郎は首をかしげた。「追っ手のようには見えないな」

「あっ、あいつ、テラたけの子分だよ。前に一度会ったことがある」

声を潜めて俺は言った。

寺島勇人《てらしまゆうと》、通称「テラたけ」は、北九州のしいたけ農家だ。香港《ホンコン》ギャングとのつながりが深く、今や暴力団をさしおいて北九州の覇権をとらんばかりの勢いである。

若者はにやりと笑うと、唇に人差し指を当てた。静かにするようにということらしい。ついておいでとでも言うように、手のひらをクイクイッと動かすと、歩き出した。

拓郎と俺は顔を見合わせて、どちらからともなく、若者の後を追い始めた。

五分ほど裏路地を進んだところで、若者は地下に入った。立て看板などは出ていない。ビルに表示されたフロア案内には、かすれた文字で「Ｂａｒ　Ｓｏｓｅｋｉ」と書かれている。

照明の暗い飲み屋だった。奥に深いつくりになっている。若者は手を上げてバーテンダーに挨拶をすると、ずんずん奥へと進んでいった。

一番奥のソファ席に、十人弱の人影が見えた。その中央に、テラたけがいた。つるりとした顔の優男だ。

「テラたけ、久しぶりじゃないか」

感激のあまり、テラたけに駆け寄った。テラたけは俺より十歳近く年上だが、互いにダチだと思っていた。兄の二平とは、いくつかの危ない橋をともに渡ったり、海外ギャングの動向について、たまに情報交換したりしているらしい。

「三平、達者にやってるか？」

「このとおり、逃げ回っているところだよ。まさか、お前らも？」

「地元におられんくなった。それで急ぎ東京に出てきたはいいものの……これじゃ、ジリ貧や」

近くに座った体格のいい男が腕を上げた。カチャリと不気味な音がする。その手にはピストルが握られていた。周りを見渡すと、ピストルを握る者が他に二人、もっと大きな散弾銃のようなものを握る者が一人、ドスを構える者が三人いる。

「おいおい、こんな物騒なもの、どうしたんだよ」

テラたけもピストルを握り、「しいたけと交換して手にいれたんだよ」と言ってフッと笑った。

「俺たちのバックには香港ギャングがいるからな……おい、お前ら、持ち物検査しろ」

すっと二人の男が立ち上がり、俺の両脇に立った。拓郎も別の男に片腕をつかまれている。身体をベタベタ触って、調べ終えたあとも俺たちのそばから離れない。

男の一人が俺のリュックサックに手をかけ、中のＹＵＫＩＣＨＩを取り出してテーブルの上に並べた。

「これは兄さんから預かっているものだ」

俺が説明すると、テラたけは薄く笑って「お前のところも相当ため込んでたんだな」と言った。

「おい小僧、その紙袋も見せろ」

テラたけが、拓郎にピストルを向けた。

拓郎はガクガク震えながらも、首を横にふった。

「こ、これは僕の大事な小銭だ。渡すわけには……」

手前にいた大男が有無を言わさず拓郎の手元から紙袋をもぎ取った。招き猫の貯金箱を取り出し、高く掲げる。

「やめろー！」拓郎の叫び声とともに、貯金箱は地面に叩きつけられた。

ガッシャン！　という派手な音をたて、破片が飛び散った。中からは小銭がワッと出てきた。だがその中に、一つだけ黒い異物が混じっている。

「これ、ＧＰＳ発信機だよ」男の一人が、小型の機器を持ち上げた。

「おい、小僧。これはどういうことだ？」

テラたけが拓郎に詰め寄った。拓郎はぶるぶると震えあがりながら、「いや……これは……」と口ごもった。俺のほうを恨みがましく見る。

「これは俺がもらった貯金箱だ。今日の昼、住宅街で小銭集めをしてたら、干からびそうな婆さんがくれたんだ」

テラたけは訝しげに俺の顔を見た。そしてもう一つの、豚の貯金箱に視線を落とす。何を言うでもなく、部下の男が手を伸ばした。

「こ、これは壊さないでくれ」

拓郎が素早く豚の貯金箱を手に取り、裏側の蓋を開けた。中からジャラジャラッと五百円玉が飛び出す。

「ほら、こっちには何もない」

そう言って、恨みがましい目で俺をにらんだ。俺のせいで面倒に巻き込まれたと思っているのだろう。先ほどまではミキの件で俺が拓郎を厄介者扱いした。その恨みで一層腹を立てているはずだ。

「YUKICHIハンターのおとり捜査だよ。小銭を集めているやつは、相当な確率でYUKICHIを持っている。YUKICHIを持っているやつはマネーロンダリングに関与していることが多い。だから、小銭を配ることでマークすべき人物をあぶり出し、追尾しているんだろう」

俺は血の気が引いた。

考えてみると、招き猫の貯金箱をもらった直後に二平と合流し、別れた後に二平を追尾する者がいた。YUKICHI狩りにあった地元から二平を追ってやってきたのだろうと思っていた。だが、逆だった。YUKICHIハンターは、招き猫の貯金箱を受け取った俺のあとをつけた結果、二平を発見し、追尾対象として定めたのだ。俺の動きは貯金箱のGPSで追える。あとをつけるなら二平のほうと考えたのだろう。

「兄さんは、今頃……」唾をのみ込んだ。

「人の心配をしてる場合じゃねえよ。お前がのこのこＧＰＳをつけてきたせいで、このアジトの場所もバレちまった。そのうちＹＵＫＩＣＨＩハンターが乗り込んでくるやろ」

テラたけはピストルを握りなおすと、出口に向かって歩き出した。

「さっさとここを離れよう」

「行くあては？」拓郎が訊いた。

「ないよ。地元に帰ったら迷惑がかかる。かといって、ＹＵＫＩＣＨＩ取引をやってた他のやつらもどんどん捕まるか、リンチにあうかしてる。とにかく逃げて、身を隠しておくしかねえよ」

テラたけの一味は武器を片手に店を出て行った。拓郎と俺も慌てて続いた。

外はもう薄暗くなっていた。昼の暑さがやわらいで、もわんとした生ぬるい空気が漂っている。

大通りのほうを見た瞬間、異変に気づいた。

こちらに懐中電灯を向けている一群がいる。

この真夏に、ダークスーツと白シャツを着た男たちだ。一瞬でＹＵＫＩＣＨＩハンターだと分かった。しかも、警察庁ではなく金融庁からきたやつらだろう。夏場にシュッとした細身のウールスーツを着てるやつなんて、金融関係者以外どこにもいない。

やつらはこちらに向かって猛然と走ってきた。俺はとっさに逃げだした。拓郎も続く。後方でパァンと炸裂《さくれつ》音が響いた。驚いて振り返る。焦げたような硝煙のにおいがした。

「おいっ、何やってんだよッ！」

後方に向かって思わず叫んだ。テラたけの一味がヤケになって発砲したらしい。マネーロンダリングに関与したことで逮捕されれば、懲役になるかもしれない。地元に帰れなくなるし、前科《マエ》もつく。だが、傷害や殺人にまで手を出すのは話が違う。

拓郎が俺の腕を引っ張って、「あいつらなんて放っといて、逃げよう」と言った。

俺は首を横に振った。

「行きたいならお前だけ行け。テラたけは俺のダチだ。見捨てるわけにはいかない」

拓郎は、スンッと鼻白んだような表情を浮かべた。

「僕だって、お前とはダチのつもりでいたんだけどな」

俺はさっき、ミキの件で拓郎を切り捨てようとした。

——テラたけは助けて、僕は見捨てるのか。

拓郎の心の声が聞こえてくるようだった。

「好きにしろよ。僕は知らない」

拓郎はそう言うと、不格好に貯金箱を抱え直し、精一杯の速度で夜の街に消えていった。

6

テラたけの部下たちはすっかり興奮していた。

俺は彼らを鎮めるために、後ろから膝蹴りをして、肘鉄を食らわせ、時に股間に蹴りを入れてやり、次々と武器を奪った。ピストルを一つ、二つ、三つ。ドスを一つ、二つ。さすがに散弾銃を持った男には近づけないでいると、テラたけが「お前たち、撤退だ！」と叫んだ。ＹＵＫＩＣＨＩハンターと反対の方向へ一斉に走りだす。

「お前、やるじゃないか」

坂を駆け下りながら、テラたけが言った。

「うちはウラジオストクのギャングたちとやり取りしてるんだ。お前のとこの香港ギャングといい勝負だよ」

後ろからは、「あそこだ！」「捕まえろ！」と男たちの野太い声がする。

五分、十分と走るにつれて、追っ手はどんどん増えてきた。ちらりと後ろを見ると、先ほどのスーツ姿の男たちだけでなく、制服警官や地元の自警団のオッサンたちも雄叫《おたけ》びをあげながら追いかけてくる。一種のトランス状態に入っているような熱気だ。

パトカーのサイレン音が夜の街に響いた。俺たちの前はモーセの海割りのように人波が割れた。誰だってヤバいやつらに巻き込まれたくない。

テラたけは細い路地にパッと飛び込んだ。考える間もなく俺も後に続く。右に左にくねくね進み、追っ手を振り切る。ボロい一軒家の前でテラたけは足をとめた。今にも崩れそうな木造の二階建てである。

テラたけは引き戸をがらりと開けた。玄関に鍵はかかっていなかった。

「親戚の家だ。もしものときのアジトに使っている。他のやつらもじきここに来るだろう」

電気をつけて中に入っていく。暑い日中閉め切っていたせいで、家の中の空気はよどんでいた。むわっとかび臭いにおいが漂っている。

俺たちは畳敷きの居間にどさりと腰を下ろした。

「さっき拓郎が行くあてを訊いたとき、お前は『ない』と言っただろ。どうしてここのことを黙っていたんだ？」

「あの小僧と俺は初対面だ。信用できない」

「何言ってんだよ。あいつは俺のダチだぞ。今頃どこにいるか……」

テラたけの言うとおり、部下たちは続々と帰ってきた。その頃には、部屋の中の冷房も効いて、人心地がついた。

戸締りをしてすべての窓のカーテンを閉め、テレビをつける。

報道ヘリから撮ったと思われる映像が大写しになっている。赤と黄の物々しいテロップには「日銀本店屋上に男ら二十数名が立てこもり」と書いてある。

『こちらは東京都中央区にある日本銀行本店、屋上の様子です。男たちが歩き回っているのが確認できます。あれは……あれは何でしょうか。それぞれに紙のようなものを大量に持っているようです』

「ＹＵＫＩＣＨＩだッ」

テレビに向かって、思わず叫んだ。

「あいつら、ＹＵＫＩＣＨＩを大量に持って、日銀に立てこもってるんだ」

「馬鹿なやつら」テラたけが鼻で笑った。

画面がズームになる。屋上の男たちが、報道ヘリにあてられた照明に目を細める姿までハッキリ映っている。

男たちは、ＹＵＫＩＣＨＩの札束を並べて、バリケードのようなものを作っている。バリケードの中に、一人、二人と身を隠していく。

ふっと画面が切り替わり、屋上の別の部分が映った途端、俺は言葉を失った。

「さっきの小僧じゃねえか」テラたけが代わりに言った。

間違いなく拓郎だった。

豚の貯金箱を抱えて、背を丸めて座っている。

さっきの乱闘騒ぎから逃げて、他の現金保持者の集団と合流したのだろう。そいつらとともに、日銀に押し入り、立てこもった。

「なんで日銀なんだよ」

俺がつぶやくと、テラたけが「あれは、俺たちみたいな経済犯じゃなくて、思想犯だろうな」と言う。

「現代の通貨制度は云々と論陣を張る連中だ。抗議の対象である日銀に立てこもるのは、連中としては筋が通ってるんだ」

「しかし、立てこもったところで、どうにもならないだろ——」

テラたけはククッと低く笑った。「そりゃそうだ。自決覚悟なんじゃないか。腹切りで抗議というのは日本の伝統だからな」

建物の周辺には、群衆が押し寄せていた。

各地のＹＵＫＩＣＨＩ自警団や、現金排除運動家たちらしい。金属バットを持った者、細長いめん棒を持った者、なぜか消火器を持った者などがテレビ画面に映り込んでいる。さらに、「現金反対！」「ＮＯ　ＹＵＫＩＣＨＩ」などと書かれたプレートを掲げる者もいる。

建物の一番近くには機動隊が待機しているらしい。周辺の群衆にそれ以上近づかないよう、警察が必死のアナウンスをしている様子がテレビで流れた。

鼓動が速まった。視界がすっと狭くなる。

拓郎が巻き込まれている。

あいつのことだ。合流した現金保持者たちがどこに行くか、何をするのかも分からずに、とりあえずついていったのだろう。

——僕だって、お前とはダチのつもりでいたんだけどな。

拓郎の言葉を思い出すと、胸がきゅっと締め付けられた。

俺はいつの間にか立ち上がっていた。

「おい、どこ行くんだよ」

テラたけの声を後ろに聞きながら、家を飛び出した。ＹＵＫＩＣＨＩの詰まったリュックサックは置いてきた。

俺が本当に守りたかったものは、ＹＵＫＩＣＨＩではない。

家族であり、ダチだ。

拳を握りしめ、大通りへ駆け出そうとしたとき、「三平、早まるなよ」と声がかかった。

振り返ると、テラたけが出てきている。

「あの小僧を助けに行くんだろ？　一人で突入してどうする」

「そりゃ、どうにもならないかもしれないが——」

「助ける方法が一つだけある」

テラたけが人差し指をすっと立てた。生暖かい夏の夜の風が吹く。場違いなほどにふんわりと明るい月明かりが、俺たちに降りそそいでいた。

「グルグルミーティングモンスターズを知っているか？」

「えっ？」思わず訊き返した。

予想していなかった単語が飛び出して、一瞬、音が意味を結ばなかったのだ。

「小学生に人気のアニメだ。見たことあるか？」

「アニメは見たことないが、キャラクターのデジタルトークンならコンビニで見た。それが一体どうしたってんだ」

「中華風で独特な絵柄だと思わなかったか？　日本のアニメっぽくないなと」

俺は黙ってうなずいた。確かにエキゾチックな絵柄は記憶に残った。

「あれはな、香港に住んでいたヤン・ハオランというアーティストが遺《のこ》したノートに基づいて作られている。日本のアニメ制作会社がこっそり手に入れて、真似したんだ。ヤンの遺族たちは制作会社と放送局を訴えようとした。その揉め事を収めたのが、俺たち、しいたけ農家と香港ギャングだ。つまり、その放送局は俺たちに借りがある。ＭＧＪ放送局に行って守衛に『ぐるぐるしいたけ』と言えばいい。ヘリを一機貸してくれる。最低限の協力も得られるはずだ」

「しかし……いいのか？　お前の逃亡用にとっておいたんじゃないのか？」

「いいよ。俺たちはもう香港にＳＯＳを出した。明後日の夜には密航船の迎えが来る。お前たちも、うまく逃げおおせたら、ほとぼりが冷めるまでウラジオストクに行くといい」

俺はうなずいた。

一歩踏み出し、テラたけを振り返って言った。「ありがとよ」

7

ヘリから見える光景は不思議なものだった。

四角い敷地の周りには、機動隊と群衆が黒い塊のように迫っていた。

日銀本店本館の屋根は、漢字の「円」のかたちをしている。傾斜になっているところにも器用にYUKIHIを敷きつめ、その間に、男たちは身を低くして立てこもっていた。

報道ヘリに吊り上げ救助のための設備はない。MGJ放送局の記者をかたちばかり乗せて、ヘリコプター会社から派遣されたパイロットとともに現場にやってきた。

「ある程度近づいたら、救助ロープを垂らします。拓郎さんには自力でロープを身体に巻きつけてもらう。それで、あなたと私の二人でロープを引っ張る。そういう流れですよ」

同乗した記者が俺に念を押す。俺は黙ってうなずいた。

ヘリは徐々に高度を下げていく。ダウンウォッシュの風で、屋根に張りついた男たちの服が揺れる。

「あそこです！　あの、『円』の上の横線。中心よりちょっと右のところにいます」

パイロットが器用にライトを当てた。拓郎が目を細めて、空を見上げている。窓越しに、目が合った気がした。

「さらに高度を下げます」

するとＹ、ダウンウォッシュの風で、ＹＵＫＩＣＨＩが数枚、舞い上がった。

「どうしますか？　危険ではないですか？」

記者がパイロットに訊いた。

「問題ありません。ＹＵＫＩＣＨＩの飛来はおそらく、しばらくしたら落ち着きますから」

ＹＵＫＩＣＨＩが一枚、また一枚と空に飛んでいく。ＹＵＫＩＣＨＩの紙吹雪である。屋根から舞い上がったＹＵＫＩＣＨＩは、夏の夜風に乗って、周辺の敷地に降りそそいだ。

ヘリのライトと月明かりに照らされながら、ＹＵＫＩＣＨＩはきらきらさらさらと落ちていく。ＹＵＫＩＣＨＩ降る夜に、ダチを助けに飛んでいる。十年前の俺には想像もできないことだ。あの頃はまだ、ＹＵＫＩＣＨＩはみんなに愛されて、大事にされていた。俺も、俺の家族もただの米農家だった。

地上からどやどやっと声が上がった。人々がしきりに何かを叫んでいる。ホバリング音で、人々が何を言っているのかは聞こえない。

ただ、キャーッと悲鳴のようなものが聞こえた。

見ると、群衆は慌てて建物から離れようと動き出している。黒い粒が前に詰まってはひっかかり、詰まってはひっかかりしながら、おっとおっとと逃げていく。

「何だ？　あいつら……」

窓に顔を張り付けて、地上を見下ろす。

「あいつら、ＹＵＫＩＣＨＩから逃げてやがる」

ＹＵＫＩＣＨＩを介して感染症が広まるという噂がある。ＹＵＫＩＣＨＩの雨が恐ろしくて、群衆は逃げ出したのだ。

記者が慌てて、無線のイヤホンを耳に入れる。報道情報を聞きながら、「早く救助して、ここを離れましょう」と言った。

ヘリ内の命綱を確かめて、安全用のハンドルを握りしめた。両側の扉を一斉に開ける。ロープをするすると落としてやる。こちらの端はヘリ内に固定してあり、もう片方の端はちょうど、拓郎の目の前に落ちた。

拓郎は立ち上がり、ハッとした表情でこちらを見上げた。

今度はハッキリと目があった。

拓郎は俺に向かってサムズアップのジェスチャーをした。そして、ロープを両手でつかみ、登り始めた。

「おいっ！」俺は必死に声をかけた。「身体に巻きつけろ！　登るな！」

爆風の中、俺の声が拓郎に届くはずもない。拓郎は必死にロープを登ってこようとする。

そのとき、横風が強く吹いた。ロープが建物の外側へ揺れる。

アッと声をあげる間もなく、拓郎の手はロープを離れ、するすると落ちて行った。

「拓郎のやつ、掌紋が潰れていて、滑りやすいんだった……」

俺はすっかり拍子抜けして、夜空に揺れるロープを茫然と見下ろしていた。

屋上のほうで「ワァ！」と勢いのよい声があがった。何かと思って見ると、屋上に敷き詰められたＹＵＫＩＣＨＩに火がついている。

「あいつら、焼身自殺をするつもりだ」

昼間、拓郎が話していた。現金収集マニアの爺さんの家に放火があった。家の中にはＹＵＫＩＣＨＩが大量にあったから、よく燃えたんだと――。

火の気はみるみるうちに広がった。力強く燃えあがるＹＵＫＩＣＨＩは、上空から見ると「円」の字のかたちをしていた。

どこからか風に乗って、一枚のＹＵＫＩＣＨＩが舞い上がった。月の光に照らされたそれは、俺の目線の高さで一瞬止まると、ふんわり散っていった。

それが、俺の見た最後のＹＵＫＩＣＨＩだった。

いつの間にか、俺の頬に涙が伝っていた。

俺は黙って手を合わせた。いつまでもいつまでも、手を合わせていた。

結局、拓郎を含め、屋上にいた二十二人の男たちは全員死亡した。

地上でも、舞い散るＹＵＫＩＣＨＩから逃れようとした群衆が将棋倒しになり、死者七名、負傷者五十八名を出す事態となった。

犠牲者たちの追悼と、現金使用の危険性の啓発のために、毎年同じ日に日銀本店の屋上で紙を燃やす儀式が執り行われるようになった。

これが、いわゆる「大円字焼き」の起源である。

# 六. 接待麻雀士

例和三年「健全な麻雀賭博に関する法律（通称：健雀《けんじやん》法）」

1

卓に散った百三十六枚の牌《パイ》を見つめる。

「本日の接待相手はどなたですか？」

「総務省の小手森《おてもり》総務審議官です」

塔子《とうこ》は答えながら、素早くすべての牌を裏返し、十七枚一列を八列ぶん並べた。

脇のタオルウォーマーを開けて、温かいおしぼりを一本引き抜く。外包のビニール袋の片側をきゅっと握りこむと、中の空気が押し出されて、もう片方のビニールが勢いよく破れた。

洗牌《センパイ》が好きだ。

牌は直方体だから、全部で六面ある。一面ずつ、おしぼりで磨き上げる。右手におしぼりを持って、牌の背面をさっと拭く。そのまま滑らかに、牌を一列ずつ裏返していく。慣れてしまえば、何の造作もなくできる。

「視線だけ、こちらにもらえますか」

正面から声がかかった。

手の動きは止めずに、首を小さく動かして、カメラのレンズを見つめた。

高級雀荘《じゃんそう》の個室に、かしゃりかしゃりとシャッターの音が響く。

「塔子さん、器用ですねえ」

インタビュアーの由香里《ゆかり》が、甘ったるい口調で言った。

由香里は、塔子のプロ雀士《じゃんし》時代の後輩だ。今は麻雀雑誌のライターをしている。

「接待麻雀士にとって、手先の器用さが何より重要ですから」

塔子は淡々と応えた。インタビューには慣れている。

「手先が器用じゃないと、イカサマできないってことですかァ？」

由香里はわざとらしく小首をかしげた。

「接待です。お客様へのおもてなしであり、パフォーマンスです」

話しながらも、次々と牌を返していく。卓上で動かしても音はしない。

牌にはそれぞれ個性がある。牌の重心、表面の滑らかさ、角の取れ具合。触りながら、ひとつひとつ確かめて、手になじませていく。

あたかも牌との対話だ。人間と話すより、ずっといい。

だから洗牌が好きだ。

「接待麻雀を通じて、公然と賄賂を渡しているという批判もありますが」

由香里の目が暗く光ったように見えた。

「塔子さんは、どう思われますか？」

「どうって」塔子は口ごもった。

都合の悪い質問は、広報担当者が引き取ってくれる。しかし今日に限って、広報担当者は同席していなかった。

代わりに、接待交際課の上司、清水吾郎《しみずごろう》が脇のスツールに腰かけていた。

筋肉質で、四十代の割に見た目もそう悪くない。だが、大きすぎるシャツのせいで、だらしない印象だ。麻雀はべらぼうに上手いが、生活は酒浸りで破綻している。バツ二かバツ三だとも聞く。麻雀の押し引きは上手いのに、人生の押し引きが下手なのが不思議だ。

助けを求めようと吾郎を見ると、吾郎は顎を突き出す動作をした。

どんな質問にも自分で答えろ、と言いたいのだろう。

「自分の仕事をしているだけです。違法なことはしていません」

視線を手元に戻しながら答えた。

「適法なら、何をしてもいいんですか」

由香里がすかさず口を挟む。

「『健全な麻雀賭博に関する法律』、通称『健雀法《けんじやん》』は、官邸の強い働きかけで制定されました。認知症予防を掲げていますが、そんなのが建前だというのは、みんな分かっているはずです。塔子さんも、ご存じですよね」

塔子は顔を上げず、洗牌を続けた。

「私は、麻雀を打ちたいだけです」

それだけ言って、黙りこんだ。

由香里は口元を歪めた。軽蔑の色が浮かんでいる。

軽蔑されても構わない。

由香里はもともと夢見がちで、地に足がついていないところがあった。卓上でも脇が甘く、プロ雀士なのにミスを連発した。ＳＮＳで批判を受けて、早々に引退したのだった。

目立ちたがりでメディア露出も多かった。チヤホヤされたくて麻雀を打っているような女だ。健雀法のことを指摘するのも、彼女なりのパフォーマンスだろう。政治的なことを口にすれば、目立てるからね。

社会がどう変わっても、雀士がすることはただ一つ。

麻雀を打つ。それ以外の余計なことには、手を出さないほうがいい。それが責任のある大人の在り方だと、塔子は信じていた。


例和《れいわ》三年、賭け麻雀が合法化された。

「人生百年時代を迎えた昨今、高齢者の労働力供給が不可欠であり、認知症の予防が喫緊の課題となっております」

プロンプターに表示された原稿をそのまま読み上げる首相会見は、数度放送されたきり、見かけなくなった。次から次へと起こる不祥事に紛れてしまったのだろう。

「スタンボード大学の研究によると、認知症の予防に麻雀は効果的であり、特に金銭を賭けている場合、脳がより活性化され、認知症予防効果が高いと言われており……」

つまり、こういうことだ。

賭博は刑法上禁止されている。賭け事で儲《もう》けると、「勤労の美風」が害されて良くない、という理由だ。賭け麻雀も賭博だから、当然禁止のはずだ。

だが、賭け麻雀には認知症を予防する効果があるという。認知症が予防できれば、高齢になっても働き続ける人が増えて、永年勤労に有益だ。「勤労の美風」を害するどころか有益なのだから、禁止する必要はない。そういうわけで、賭博罪の処罰範囲から賭け麻雀は外されることになった。

もっとも、これは建前にすぎない。由香里の指摘の通りだ。

適法な賭け麻雀を通じて、賄賂を収受したい政治家の思惑が裏にあった。

数年前から、政治家や官僚に対する接待、贈収賄事件が相次いだ。厳しい世論の中、何らかの抜け道が必要だったのだろう。

その意向を素早く捉えた各企業は、それぞれに接待麻雀士を雇い入れ、政治家や監督官庁の官僚に対して、連日、接待麻雀を繰り広げるようになる。高レートで賭け麻雀を実施し、相手方に勝たせることで、適法に賄賂を贈れるのだ。

「そんなアホな話があるか。堂々と賄賂をやり取りして捕まらないなんて、世も末だね」

そう漏らしたのは、塔子の祖父である。

彼は麻雀好きが高じて、孫に「塔子」と名付けたほどだ。

「塔子」は、麻雀の世界では「ターツ」と呼ぶ。

あと一枚牌があれば、ひとまとまりのメンツになる状態のことだ。

「人間は常々、一枚足りないことを自覚して、謙虚でいるのが大事だ」

という想いを込めたらしい。が、きっと後付けだろう。

祖父は最期まで、自分の愛する麻雀が政治家の道具に成り下がったことを嘆いていた。塔子の接待麻雀士への転身にもずっと反対だった。

そんなことを言われても、と当の塔子は思う。霞《かすみ》を食って生きていくわけにはいかないのだから。今ですら一年更新の契約社員である。特別な資格がいらないぶん、麻雀の腕だけが頼りだ。契約更新のためには、十分な働きを示す必要があった。

「塔子さんは、日本電信電話社に入社してどのくらいになりますか？」

仕切り直しとでも言わんばかりに、由香里が座りなおして質問をした。

「三年目です」

「プロ雀士を辞めたのはどうしてですかァ？」

由香里が上目遣いで訊いた。

嫌な女だ、と思った。

塔子がプロ雀士を辞めた理由なら、由香里も知っているはずだ。

由香里とは先輩後輩の間柄だが、特別親しくはない。むしろ反りが合わないほうだ。由香里の打牌ミスやマナー違反を注意したこともある。その度ごとに、由香里は不満そうに口を尖らせた。由香里の表情に合わせて、周囲の空気はよどんだ。ミスをした由香里よりも、それを指摘する塔子のほうが悪者のように白眼視された。

ふと、由香里と最後に対局した公式戦を思い出す。

由香里は、胸元が大きく開いたドレスに、派手な巻き髪で現れた。塔子は地味な黒スーツを着ていた。プロ団体の規約には、「対局時はスーツ又はそれに準ずる服装を着用」と定められていたからだ。

由香里は笑いをこらえるように頬を膨らませて、

「塔子さん、今日もスーツなんですかあ。偉いですねえ」

と声をかけてきた。何と答えたのかは覚えていない。

陰で「スーツ女」と揶揄《やゆ》されているのは知っていた。対局時の女子プロはここぞとばかりに華やかな格好をしていたし、ファンもそれを喜んだ。

由香里よりも対局成績は常に良かった。だが、ゲストプロとして大会に呼ばれるときの時給は、由香里の半分程度だ。塔子の集客力は、由香里の半分くらいだから、仕方ない。

結局、女子プロといっても、仕事の半分はキャバクラのようなものなのだ。ファンがついて初めて、お金がもらえる。無愛想な塔子は食べていけなかった。

プロ団体の幹部陣は、塔子を引き留めてくれた。団体の議事録を管理したり、会計を担当したり、様々な雑務に重宝されていた。真面目で硬派な塔子は、麻雀界では珍しい存在だったのかもしれない。

だが、幹部陣の慰留の甲斐なく、塔子はプロ雀士を辞めることにした。生活にも困窮していたし、人との関わりにも疲れていた。

「麻雀というゲームに惹かれて、業界に入りました。ですが、競技外の人間関係に疲れてしまったのです。純粋に麻雀を打てる環境を求めて、転身しました」

「あはは、塔子さんってカンペキ主義だから。衝突も多かったんじゃないですかあ」

由香里が軽い調子で言う。

腹が立ったが、塔子は顔色を変えないように努めた。感情の動きを見せると負けだ。

由香里も引退の一因となっている。由香里を始めとする女子プロたちからの、嘲笑を含んだ視線が辛かった。それでプロ雀士を辞めたのだ。辞めてなお、馬鹿にされるのは我慢ならない。

塔子はちょうど洗牌を終え、手を止めた。

由香里が手元のノートを閉じて、

「ええっと、準備は終わりで、あとはお客様の到着を待つんですっけ」

と漏らした。

「いえ、対局開始は二時間後です。これから私たちは暗牌《アンパイ》をします」

塔子は脇に控える吾郎へ顔を向けた。

「それなら私は一旦外で――」

吾郎はうなずいて、卓ににじり寄った。

二人で順番に牌を一枚ずつ、しっかり確認する。牌姿《はいし》を暗記するためだ。

一見すると牌に傷はない。しかしよく見ると、微妙に背面の模様が異なる。象牙で製作された牌だからだ。模様の違い一つ一つを覚えて、背面からでも牌の内容が分かるようにしておく。

すべてを覚えるのは難しい。特に重要な三割程度の牌を暗記する。そのうえで、覚えた牌との関係が近い牌を記憶していくと、五割程度は覚えることができる。二時間もかければ、七割まで暗記率は高まる。接待本番で打ち慣らしていくと、終盤にはほぼすべての牌が分かるようになっている。

地道な作業を、由香里は退屈そうに見つめていた。

接待麻雀当日の準備風景を取材したい、と申し入れてきたのは由香里だ。地味な取材になることは予測できたはずだ。

「ガン牌と何が違うんですかあ？」

あくびを嚙み殺しながら、由香里が訊いた。

「ガン牌は、牌に目印や傷をつけて、それを覚えることです。私ども接待麻雀士は、そういったことはしません」

接待用に明らかに印がついている牌や、専用の眼鏡で透視できる牌も市販されている。そういった道具を使用すると、贈収賄としての摘発リスクが上がってしまう。目で見て覚えるのが、一流の接待麻雀士の美徳とされていた。

「イカサマって意味では、同じじゃないですかあ」

塔子は由香里の言葉を無視した。

暗牌もできない雀士と一緒にしないで欲しい。

適法な接待のためには、打ち手の腕が必要なのだ。

本来は被接待者一名と接待者三名で卓を囲んだほうが、容易に接待できる。被接待者を確実に勝たせるためには、グルになる仲間は多いに越したことはない。しかし現実には、被接待者二名、接待者二名で行う「二対二ルール」が浸透していた。

賭け麻雀の合法化の移行期に、検察高官が接待麻雀を通じて賄賂を受け取ったという疑惑が持ち上がった。

法務大臣は堂々と国会答弁をした。

曰く、「所属組織が異なる二名同士、四名の対局であれば、故意に敗北し金銭を供与することは事実上不可能であるから、賭け麻雀による贈収賄とは認められない」。

同解釈は即日、閣議決定された。

二対二ルールできっちり負けるには、かなりの技量が必要なのだ。

考えてみて欲しい。四人で一緒に小舟に乗って、うち二人は好き勝手な方向にオールを動かすようなものだ。その二人を抑えて、特定の方向へ誘導するには剛腕が必要となる。

由香里は気怠《けだる》そうに伸びをすると、個室の隅にある小型のテレビをつけた。

『現場の、千代田区丸の内に来ています。銀行から搬出直後の現金五百五十万円が奪われ、犯人は逃走中です。銀行の裏口で待ち伏せをしていた模様で……』

「へえ、物騒ねえ」

卓に片肘をついて、ぼんやりとテレビを見つめている。

「ま、この強盗だって、銀行員の自作自演かもよ。使い込んでしまったお金を、奪われたってことにしているのかもね。何でもあり、やったもん勝ちの世の中なんだから」

由香里がクッ、クッ、と詰まった笑い声を漏らした。

塔子は目の前の卓を見つめた。

何も聞きたくない。暗牌に集中しようと思った。

卓上でしか生きられない。外の世界がどれだけ騒がしく、窮屈に迫ってきても、卓上だけはいつも平和だ。麻雀が世界を飲み込んでしまえばいいのに。

牌は自分を見てくれと塔子に語りかけている。一つずつ手に取って、見つめていると、心が凪《な》いでくる。

軽く目をつむると、いま覚えた牌の姿が次々と浮かんできた。十四枚ずつ思い浮かべて、自分だったらどの牌を切るかな、と想像する。麻雀を打つようになってから、繰り返し見る夢と同じだ。

夢の中でも十四枚の牌が浮かんで、何を切るか考えている。いつも溺れるように、牌と向き合ってきた。

「もう、大丈夫か」

どれだけ経っただろう。吾郎の声で、目を開けた。

塔子はうなずく。

「あらかた覚えました」

「よし、そろそろ小手森さんのお出ましだ」

吾郎はまくり上げていたシャツを手首まで下ろした。

シャツの袖がたっぷりあったほうが、牌の抜き技やすり替えを行いやすい。だから接待麻雀士はたいてい、袖丈の長いトップスを着ている。

塔子は個室の椅子の位置を整えた。小型冷蔵庫を開いて、ドリンク類が揃っていることも確認する。

由香里は立ち去る気配がない。もうすぐ対局が始まるというのに。

声をかけようか迷っていると、個室のドアが開いた。

真紅のカーペットに、黒光りする革靴が見えた。

「どうも、どうも」

堅肥《かたぶと》りした小柄な中年男が入ってきた。頭は薄くなっているが、肌艶が異様に良い。ぬらぬらと精力があふれ出ているようで、いやらしさすらある。

「あっ、小手森さーんっ」

由香里が甘ったるい高い声を出して、小手森に駆け寄り、その腕に絡みついた。

「おう、おう。由香里ちゃんは今日も元気だねえ」

小手森はだらしなく目尻を下げた。

そして、塔子を一瞥すると、

「へええ、由香里ちゃんから聞いていた通りだなあ」

と言った。

「あの、これは……？」

塔子は小声で吾郎に尋ねた。

吾郎が答えるよりも早く、由香里が口を開いた。

「今日は私が同卓します。塔子先輩の胸を借りようかなァと思って」

小手森がねっとりした目で由香里の胸元を見て、塔子の胸元を見た。比べられているようで不快だった。

2

午後六時、四人は卓についた。

時計回りに、塔子、小手森、吾郎、由香里の順に座っている。

由香里と小手森の顔を交互に盗み見た。

二人は含み笑いを交わしている。いかにも親しげだ。麻雀関係の仕事をしているだけなら、小手森と知り合う機会はないだろう。だが、派手好きの由香里のことだ。色々なパーティやコンパに顔を出して、オジサンを転がしていてもおかしくない。小手森に無理を言って、接待麻雀に乗り込んできたのだ。

プロ雀士として活動していたときも、由香里のような女が邪魔だった。引退してなお、邪魔をしてくるのか。胸の内にムカつきが込み上げた。

だが、塔子にできることは限られている。自分の仕事に集中するしかない。

接待麻雀で使用するルールは、ごく一般的だ。掛け金のレートだけがべらぼうに高い。通常の雀荘でのレートはせいぜい千点百円で、ぼろ負けしても数万円を失う程度だ。今回のレートは千点二万円。通常のレートの二百倍、一晩で数百万円が動く。そうでないと、一度の接待でまとまった金額を被接待者に渡すことができないからだ。

牌を四人でかき混ぜ、山を積む。それぞれのプレーヤーが自分の前に十七枚ずつ二段重ねの牌の山を築く作業だ。自動配牌卓もあるが、接待麻雀は手積みと決まっている。

塔子は速やかに卓を見渡し、自分の前の山を積んだ。

そのとき、吾郎の肘が当たって、小手森のセブンスターが床に落ちた。

「これは失礼」

と言いながら、吾郎は腰をかがめてセブンスターを拾い、小手森に手渡した。

塔子の親番である。サイコロを二つ振った。

出た目の合計は十。塔子から向かって右側、下家《シモチャ》と呼ばれる由香里の山が割れた。割れたところから、打ち手それぞれが四枚ずつ三回牌を取り、最後は親が二枚、子が一枚ずつ取って、スタート時点の手牌、親十四枚、子十三枚が配られた。

親番の塔子が牌を一枚捨て、ゲームが始まる。次の人は山から一枚ツモって、一枚切る。この動作を反時計回りにこなしていく。

「おっ、これはこれは」

塔子から向かって左側、上家《カミチャ》の小手森が声を上げた。

小手森の第一ツモ。牌を一枚持ってくると、小手森は威勢よく卓に叩きつけた。

「ツモッ」

満面の笑みで、小手森が手牌を倒す。

「地和《チーホー》だッ」

塔子と吾郎は拍手をして、

「お見事でございます」

とはやした。

地和とは、麻雀の最高役、役満の一つだ。配牌の時点でアガリまであと一歩、第一ツモでアタリ牌を持ってきたときに成立する。とても珍しい役だ。仮にプロ雀士として十年活動しても、一度か二度しか見ることはないくらい、実戦では見かけない。

小手森がいきなり地和をアガったのは、もちろん偶然ではない。

塔子は自分の山を積むとき、左端の二列四枚、中央の二列四枚、そして右端の一列二枚、由香里の山の左端一列二枚に仕込みをしておいた。いずれも小手森の手牌に入る牌だ。いわゆる「地和積み」と呼ばれる古典的なイカサマ術である。

地和積みが成立するには、小手森自身が積んだ山のうち二枚にも細工をする必要がある。これが難しい。吾郎が落としたセブンスターに気を取られている隙に、塔子が山の牌二枚をすり替えた。

サイコロの目の出方もコントロールしている。捻《ひね》りザイ、置きザイ、ずらしザイなど、様々な方法があるが、いずれも接待麻雀士、キホンのキだ。

「素晴らしいですね」

吾郎がにこやかに話しかける。

「小手森さん、今日はツイてるかもしれませんよ」

今のプレーは小手森の大勝だ。現金換算だと百七十四万円の儲けとなる。

たいていの場合、被接待者も接待されていると分かっている。そのうえで、どのように勝たせてくれるのか、接待麻雀士の腕とセンスを楽しむのが粋な遊びかただ。

ところが、まれに実力で勝ったと勘違いする者もいる。あたかも、キャバクラでチヤホヤされることでモテていると思ってしまうように。

最初の一局は派手なアガリで被接待者を持ち上げるのが通例だ。もっとも、アガリにもバリエーションがないと飽きてしまう。地和積みは最初の局のみだ。

ここから先は、少しずつ勝ち金を積ませる作業となる。

暗牌してあるから、小手森や由香里の待ち牌は十中八九分かる。待ち牌に合わせて打って、ロンさせる。基本動作だ。リーチが入ると、リーチ者の第一ツモをすり替えて、一発ツモを仕組む。当然のおもてなしである。

これを繰り返していけば、ほぼ確実に勝たせることが可能だ。

そのはずなのに、今回はそれすら難航した。

小手森がテンパイしないのだ。

アガリの一歩手前まで手を整えてくれさえすれば、アガリ牌の差し込みができる。しかし、小手森の手牌が整わない以上、こちらからできることはない。

小手森のツモ筋にあたる山に積み込んで、あらかじめツモも良く整えてある。「元禄《ゲンロク》積み」という手法だ。このツモが来たら、たいていの雀士がこう切る、という方向に誘導している。

だが、小手森は独自の打ち筋を展開した。

その打ち筋が裏目に出ると、

「あちゃあ」

と言って、薄い頭をパァンと叩く。その繰り返しである。

こんなに麻雀が下手な人も珍しい。

例えば先ほど、吾郎からアガった手。

「ピンフにドラが二丁。三千九百、サンキューだ」

と本人は満足そうだった。が、塔子は頭が痛かった。

なぜリーチしない。

リーチをすると待ちの形を変えられなくなるが、アガれたときの得点が二倍以上になる。

アタリ牌の数も多く、形の良いテンパイだ。接待麻雀でなくてもアガれそうな場況《ばきょう》である。

リーチしてツモり、裏ドラのボーナスがのれば、一万二千点まで跳ねる。もちろん裏ドラがのるよう、事前に積み込んである。ツモれるように、ツモ筋に待ち牌だって潜ませてあった。それなのに、どん詰まりの三千九百点で喜んでいる。

そうやってせっかく集めた点数も、次局には由香里に振り込んで、あっけなく放出してしまった。つまるところ、ド下手につける薬はないのだ。

由香里は由香里で、接待に協力するわけでなく、逆に猛烈に勝ちに行くわけでもなく、淡々と打っている。

見せ場といえば、七十符・二翻《リャンハン》という珍しいアガリを決めて、

「四千五百点です」

と、点数申告したくらいだ。

塔子のほうを見て、挑発するようなドヤ顔だった。

確かに珍しいアガリで、素人には難しい点数計算だ。由香里はもともと点数の誤申告が多かった。以前の彼女なら、この点数申告はできなかっただろう。

成長の成果を見せつけたいのかもしれない。とはいえ本来、このくらいの計算はできて当然なのだ。それをドヤ顔で披露されても、げんなりするだけだ。

三ゲーム目が終わって、時刻は午後八時すぎ。

夕食の出前をとって小休止を入れることにした。

「今日はちょっと、しんどくないですか」

小手森と由香里がトイレに立っている隙に、塔子は吾郎に話しかけた。

今回の目標供与金額は七百五十万円と聞いている。三ゲーム目が終わって、まだ二百万円しか積めていない。小手森は忙しい身だ。徹夜で麻雀をさせるわけにいかない。打ててあと四ゲームほど。

塔子は困惑と焦りを感じ始めていた。

吾郎は腕を組んで卓を見つめ、

「もしかすると、何かあるのかもな」

とつぶやいた。

「何かって？」

訊き返したが、吾郎が目顔で塔子を制した。

ちょうど小手森がトイレから帰ってきたところだった。皺だらけのチェック柄のハンカチを手にしている。不潔な印象で、どうも好きになれない。

由香里はその数分後に帰ってきた。化粧直しをしていたようだ。艶々のグロスを唇につけて戻ってきた。

仕切り直しの第四ゲーム。

吾郎が髪をかき上げた。次は「ダブル積み」を行うというサインだ。

麻雀牌には、索子《ソーズ》、筒子《ピンズ》、萬子《マンズ》の三種類がある。このうち一種類だけで手牌を構成してアガると、面前清一色《メンチンチン》といって、高い手になる。

今回は、小手森の手牌に筒子、由香里の手牌に萬子が多く入るよう調整する。二人にどの牌種を割り振るかは、吾郎が髪をかき上げたときの指の形で分かる。事前に符号は決めてあった。

そうはいうものの、塔子は不安だった。

面前清一色は往々にして、複雑な形になる。アガリ牌を間違えてしまう人も多い。単純な手も仕上げられない小手森のことだ。面前清一色をアガりきれるとも思えない。

案の定、小手森は相当バタついて、後半になってやっとテンパイした。

だがテンパイ直後に、あっさりと由香里に振り込んでしまう。

由香里は綺麗な面前清一色を仕上げていた。

小手森からの出アガリなのに、由香里は塔子を見つめてニヤついている。

以前の由香里なら、面前清一色を処理しきれないことが多かった。成長したのだろう。それは認めるが、いちいちアピールされるのはうんざりだ。

由香里は調子づいて、五千八百点、一万二千点と得点を重ねた。いずれも小手森からの出アガリだ。

再び、由香里がテンパイした。このままでは、また小手森が振り込んでしまう。塔子はすかさず、由香里のアタリ牌を差し込んだ。ところが、由香里はこれを無視した。

塔子は困惑した。どうして塔子からアガらないのだろう。由香里は塔子に対抗意識を抱いているようだから、嬉々《きき》としてアガりそうなものなのに。

その局はそのまま流局し、次局、由香里は再度、小手森からアガった。

傍目《はため》には、小手森を狙い撃ちしているように見える。

吾郎に視線を送ると、吾郎は小首をかしげた。吾郎も困惑しているようだ。

不可思議な事態は続いた。

その次の局から、塔子の手牌がやたら良くなった。塔子は勝つ必要はないから、手作りはしない。

それでもドンドン良い牌がきて、いつのまにかテンパイしてしまう。

そしてテンパイ後すぐに、塔子のアタリ牌を由香里が打つのだ。もちろん、塔子は「ロン」と出アガリはしない。接待麻雀だから、塔子自身が勝つわけにはいかない。何事もなかったかのように、見逃した。

そんなことが二度、三度続いた。

そしてついに、由香里がアタリ牌を打つときに、

「ねえ、塔子さん、なんでロンしないの」

と言った。

「これ、アタリ牌でしょ」

塔子は自分の手牌をちらりと見て、

「ああ、そうだった。うっかりしていました」

と手牌を倒した。

ポーカーフェイスを保っているが、内心、戸惑っていた。

由香里がアタリ牌を正確に読んできた。そんな芸当、暗牌していないと難しい。塔子や吾郎が暗牌しているとき、由香里は退屈そうにぼんやりしていた。その実、隙を見て暗牌していたのだろうか。

混乱しながらも、塔子は点数申告をした。

どうせ千点の安手だ。変に誤魔化すよりはアガってしまったほうがいい。

プレーヤー全員が接待麻雀と承知していても、抜き技やすり替えがバレたり、接待者が負けに行っていたりすることがあからさまになるのは良くない。

贈賄とみなされないように、という配慮もある。だが一番は、被接待者の満足感だ。接待されていると分かっていても、あからさまなイカサマで勝たせてもらうのは楽しくない。不思議と今日はツイていて、バカ勝ちしたなあ。そういう満足感とともに、勝ち金を持ち帰ってもらう必要がある。もちろん、接待者がイカサマを仕込んでいることは分かっている。どういう仕組みのイカサマなのか分からないから、楽しいのだ。タネの分からないマジックに感心するのと同じ心理だろう。

その後も、ことあるごとに由香里はアタリ牌を出した。

塔子だけではない。吾郎もいくつか安手をアガった。

結果として、小手森の持ち点が由香里を通して、吾郎と塔子に流れている。これでは、吾郎や塔子が小手森から得点しているのと同じだ。

塔子は、由香里の横顔を見つめた。

得意げに微笑を浮かべている。塗られたグロスが嫌に光っていた。

接待の邪魔をしている。そうにちがいない、と思った。

局と局の変わり目、山を積むときの由香里の動きを注視した。

由香里はさりげなく手元を見て、あくまで自然に積んでいる。が、塔子には確信が持てた。接待麻雀士の目はごまかせない。

由香里は積み込みをしていた。塔子や吾郎のツモ筋に良い牌が来るように調整している。

さきほど塔子自身が行った「元禄積み」と呼ばれる手法だ。

接待返しだ。

塔子は息をのんだ。由香里はいつ、その技を身に付けたのだろう。

塔子たちは、小手森を接待する。由香里は小手森を狙い撃ちして沈めて、塔子たちに接待をし返す。塔子たちの接待麻雀を邪魔しているのだ。だが、どうしてそんなことをするのか、理由が分からない。

塔子はとっさに口を開いた。

「あっ、ちょっと縁起直しに、失礼します」

積んだ後の自分の山に手をかけて、素早く組みなおす。

いわゆる「切り返し」の手法である。通常は、上手く積み込めなかった場合のフォローとして使う。もっとも今回は、一度自分で積み込んだ牌をバラバラにするために使用した。

そして、局の開始早々、

「チー」

塔子は発声した。

チーをすると、山からツモらずに、他の人の切った牌を自分の手牌に取り込める。すると、山のツモ筋がずれる。元禄積みを潰す常套手段《じょうとうしゅだん》だ。

これで由香里の積み込みは封じられる。由香里が塔子のために積んだツモ筋は、由香里自身に流れる。

塔子は塔子で、最初に山を積んだときは、小手森のツモ筋に良い牌を仕込んでいた。チーをして一筋ずらすと、小手森のために塔子が積んだ牌が、塔子自身に入ってしまう。だからこそ、「切り返し」をして、自分の積んだ牌はバラバラにしておいた。

結果として、由香里の積み込みだけが残り、由香里の手牌に入る。自分自身の積み込みで、由香里の首が絞まることになる。

するとすると由香里が、追いかけるように、

「チー」

と発声した。

もう一度チーを重ねると、ツモ筋がさらに一つずれて、由香里のツモ筋が吾郎に流れる。塔子の積み込み潰しへの、由香里からの反撃だ。

由香里の口元がニヤリと歪むのが見えた。

吾郎は由香里を一瞥して小さく眉尻を上げた。感心しているときの顔だ。そのまますぐに、塔子に視線を投げた。

やるべきことは分かっている。

塔子はこっそり深呼吸をした。

数巡、打牌を重ねた。なんてことはない、普通の麻雀だ。

吾郎が咳をした。

その瞬間、塔子は自分の前の山に手を伸ばした。

上段に積まれた牌の右端の一枚をつまんで右にずらし、ストンと下に落とす。二段に積まれた山の右端だけ、牌が二枚、一段で並ぶことになる。次は流れるように、上段に並んだ牌を右方向へ二枚ぶんずらす。すると今度は、山の左端に二枚、一段の牌が現れる。すぐに左手で、左下段の端牌を一枚つかみ、隣の牌の上に載せる。これで、牌がずれて山の見た目は元通りだ。

実に一、二秒の動きだ。山を前に出す動きに混ぜて行えばバレにくい。とはいえ、音を立てずに

行う必要がある。「山ずらし」と呼ばれる熟練の技だ。

これでツモ筋はもう一つずれる。吾郎に入っていた良いツモ筋は、小手森に流れる。

小手森がそのツモ筋に乗って、アガってくれれば接待麻雀としては成功だ。

しかしここでも、小手森の独自の打ち筋が足を引っ張る。わざとテンパイを避けているようにしか見えない。小手森はテンパイせず、流局してしまった。

そして次局、小手森が、

「君たちも、気を遣わずにどんどんアガりなさい」

と言い出した。

「手が入ればいいのですけどねえ」

塔子は苦笑した。

明々白々な接待麻雀でも、建前は崩せない。

「今日はなかなか、流れが悪いようで」

答えながら、思案する。

小手森はどういうつもりなのだろう。由香里だけでなく、小手森までもが接待に反する動きをしているように見える。由香里だけなら、何かの嫌がらせだろうと片付けることができる。だが、小手森が接待の邪魔をする理由はないはずだ。

その後、数局のうちに、小手森から塔子や吾郎のアタリ牌がこぼれ始める。

小手森自身で暗牌や手牌読みができるとは考えにくい。あるとすれば、由香里から何らかのサインが送られているのだろう。

小手森も、接待返しをしているのか。

「どうだね、そろそろ頑張ってアガってもらわなきゃ、張り合いがないよ」

と発破をかけてきた。

吾郎が安手を一つアガった。

塔子も吾郎にならって、安手をアガりつつ、様子を見る。

ついに第四ゲーム最終局。

山を積み終えたところで、小手森が急に身体を乗り出した。

「なっ」

と言いながら、塔子の左肩を叩いた。

「そろそろ、頑張ってもらわなきゃあ」

と、塔子の肩をつかんで揺らす。

不快感で顔が歪みそうになった。必死でこらえて、

「そうですねえ」

と返す。

横目で小手森の右手を捉えた。毛深くて、ごつごつした手だ。爪の先が黒ずんでいる。肩をずらして、小手森の手から逃れた。深呼吸を一つ挟んで、気持ちを整える。

次は由香里の親番だ。

由香里がサイコロを振り、出た目は十。

その瞬間、嫌な予感がした。

気付いたときには遅かった。

由香里はすぐに自分の配牌を取りだして、

「大事な局面だから、インチキはなしですよ」

と両の手のひらを広げた。

「みんな、両手を出して、ほら」

「そんな大げさな」塔子は口を挟んだ。

由香里は大真面目な表情のまま、

「いいから、ほら！」

と引かない。

抵抗するのも不自然だ。両手を卓上に出し、ゆっくり配牌を取った。動きひとつひとつに注目が集まるから、すり替えもできない。

配牌を並べながら、やはり、と思った。

手に汗がにじんだ。

最初のツモ牌を取ってくる。

手牌を見て、どれを切ろうか、と逡巡《しゅんじゅん》した。

切るものがない。

アガっているからだ。

地和、役満である。

接待だから、塔子は負けに徹するべきだ。役満なんてアガっている場合じゃない。

幸い、アガリを自己申告しない限り、アガっていることはバレない。切るものがない手牌から、無理に何か切ってやり過ごそうと思った。

塔子が牌に手を伸ばそうとすると、由香里が身を乗り出して制した。

「塔子さん、実はアガってたりしてェ？」

そう言って、のぞきこむような仕草をした。

「ちょっと……」塔子が反感をにじませる。

由香里は構わず、

「ね、ねっ、アガってるんでしょ。手牌を見せてよ。いいでしょ？」

「いいわけがないでしょう」

「ねえってば。いいでしょ。私の勘違いだったら、罰金を取っていいから」

と、強引に手を伸ばしてきた。

吾郎の様子をうかがうと、吾郎は観念したように渋い顔でうなずいた。

塔子は由香里の手を払いのけ、自分で倒牌した。

他人に倒されたくなんかない。せめてもの意地だった。

「ツモ、地和です」

落ち着いた声で言った。

内心は、腹が煮えるようだった。

冒頭で塔子が小手森に披露した「地和積み」を、今度は由香里がやったのだ。

地和積みを成立させるためには、塔子が積んだ山の牌を二枚すり替える必要がある。

あのときだ、と思った。

小手森が塔子に話しかけ、肩をつかんだ瞬間だ。不快感のあまり、気を取られた。

その隙に、由香里がすり替えたのだ。

やられた、やられた、やられた……。このクソ女。とんだカマトト、許せない。塔子は腹の中で呪詛《じゅそ》をつぶやいた。由香里を罵っているようで、本当は自分の隙が憎い。

結局、第四ゲームは塔子が一着。続いて、吾郎、由香里。小手森がビリだった。接待麻雀として、この上なく悪い結果だ。

小手森の勝ち点も大きく削られて、勝ち金総額は百万円まで減った。

塔子は呼吸を整えようと努めた。怒りがなかなか収まらない。

ふいに、顔に温かいものが流れた。

「あっ、鼻血」

由香里が塔子を指さした。

とっさに顔に手を当てると、手のひらに、さらっとした血が付いた。

「少々、失礼します」

鼻を手で押さえながら、席を立ち、トイレに駆け込んだ。

3

洗面台で鏡を見ると、片方の鼻の穴から漏れた血が、顎下まで垂れていた。

無様だ。

塔子は震えた。

震えながら蛇口をひねり、水で顔を洗った。

もともとメイクなんてしていない。乱暴に顔を洗っても、何も困らない。

由香里の艶《あで》やかなグロスが脳裏に浮かんだ。今頃、あの口元が笑っていることだろう。

ポケットティッシュで鼻を押さえながら、口で大きく呼吸をした。肩を上下に揺らしながら、呼吸を続け、気持ちを落ち着ける。

ふと、トイレの入り口のほうを振り返った。

大丈夫だ、誰もいない。今の様子を由香里に見られていたら、最悪だった。

壁に背をあて、体重を任せた。ひと息おいて、やっと頭がさえてきた。

さっきは迂闊《うかつ》だった。小手森の接触に動揺したのがいけなかった。卓上で大げさな動きをする奴は、たいていイカサマ師だ。

小手森と由香里が組んで仕掛けてきていることは確かだ。打ち筋を見るに、小手森の腕はそう上手くない。それでも、由香里のアシストぐらいはできるだろう。

塔子も駆け出しの頃は、吾郎の助手から始めた。最近は一本立ちしてきて、吾郎がアシストに回ることも多かったが。

一瞬、胸の内に違和感が走った。

小手森が塔子に絡み、その隙に由香里がすり替える。

その間、吾郎は何をしていたのだ?

吾郎ほどの打ち手なら、由香里のすり替えに気付くはずだ。そして、止める。

そうしなかったのは、なぜだ。

思い返せば、怪しい点は他にもある。

三ゲーム目で、小手森がアガった三千九百点。ツモ筋にアガリ牌を仕込んであった。もう少し待てばツモアガリできたのに、安手で出アガリしてしまった。

あれは吾郎の差し込みだった。暗牌済みの吾郎は、山を見て、小手森がツモアガリできることを知っていたはずだ。それなのにわざわざアタリ牌を打って、小手森に出アガリさせた。出アガリをすると、ツモアガリよりも得点は低くなる。

小手森が勝ちすぎないように、吾郎が調整していた。

不自然な点はまだある。

由香里がアタリ牌を出して、塔子に出アガリを迫ったときも、塔子の地和を公開させようとしたときも、吾郎が助け船を出そうと思えば出せたはずだ。

「吾郎さんも、接待を邪魔している……？」

塔子は独り言を漏らした。

最初に浮かんだのは、吾郎に試されているということだ。塔子は接待麻雀士として一本立ちが近い。三人相手にきちんと対応できて初めて、一人前なのかもしれない。

だが、雇い主の日本電信電話社の命令に背いてまで塔子を鍛える義理は、吾郎にはない。

「塔子さァん、大丈夫？」

明るい声とともに、トイレの入り口から由香里が顔を出した。

「うん、大丈夫、大丈夫」

塔子は姿勢を持ち直し、まっすぐ立った。

「鼻血を止めるのに、時間がかかってしまって、ごめんなさい」

塔子は鏡を見て、自分の顔を確かめた。

小さくうなずいて、トイレを出ようとすると、由香里が通せんぼをするように、出入り口の中央に立った。

「ねえ、塔子さん。私たちが最後に対局した公式戦のこと、覚えてます？」

塔子は面食らった。「えっと、何のこと？」

「やっぱり、覚えていないんですね」

あの日、由香里は派手なドレスを着ていた。塔子はスーツだった。戦績は、塔子が二着、由香里が四着。対局内容なら思い出せる。あの日、由香里は大きなミスをした。反則扱いになるものだ。

「あのチョンボのこと？　他の人は気付いていなかったけど、私が指摘した。でも、それを恨んでいるとしたら、とんだお門違いで――」

「そうじゃなくてッ」由香里が半ば叫ぶように言った。

「私のヌーブラ拾ったの、塔子さんでしょ？　ねえ、そうでしょ」

塔子は面食らった。「ヌーブラ？」

「そう。ホックが壊れていて片方落としちゃった私も悪いんだけどさ。塔子さんも塔子さんよね。真面目くさって、大会の運営事務局に届けちゃうんだから。女子トイレにこっそり置いておくとか、やりようが色々あったでしょ」

由香里は早口でまくし立てる。塔子には何のことか分からなかった。

「観戦に来てたお客さんが、ヌーブラの落とし物に気付いたの。それと、私の片方の胸がスカスカしていることにも。ＳＮＳでも、『偽乳《にせちち》』ってあだ名がついて、散々悪口書かれて。それで私、プロ雀士を引退したんですよ。入るはずだったグラビアの仕事もダメになった。塔子さんのせいですよ」

「ちょ、ちょっと、待ってよ」

塔子は困惑していた。ミスを指摘したことを責められるなら、まだ分かる。だが、それ以外のことには身に覚えがない。ＳＮＳでの批判だって、容姿に対する誹謗中傷より、打牌批判のほうが多かったはずだ。数少ない容姿批判が、由香里にとっては致命傷になったのだろうか。

「そもそも、ヌーブラって何？　確かに言われてみれば、ブヨブヨした変なものを拾ったから、運営事務局に届けたような気がするけど。それが何なのかなんて、考えてなかった。試合の合間だったし」

「ヌーブラを知らないんですか？　これまでの人生で、ドレスとかワンピースとか、着たことないんですか？」

「普段、スーツとか、Ｔシャツとかしか着ないから……」塔子は口ごもった。

「自分で着なくても、ヌーブラくらい、普通知ってるでしょ」

由香里は目を吊り上げて、塔子をにらみつけた。

「塔子さんって、本当に気持ち悪い。麻雀を好きなのは良いけど、それ以外のこと、何にも興味ないのって、どうかと思う。何にも考えずに一つの電灯に群がる蛾みたい。自分では自分のこと、職人肌とか思っているかもしれないけど。キモいよ、マジで」

由香里はそう言い捨てると、トイレから出ていった。

——キモいよ、マジで。

頭の中で、由香里の声が響いていた。同性から向けられる、そういう視線が苦痛で、塔子は引退した。それなのに、由香里のほうは、塔子のせいで引退に追い込まれたと思っているらしい。

それで塔子を恨んで、接待麻雀を邪魔しに来ているのだろう。ヌーブラとかいう些細なことで恨まれても、と内心思う。だが、由香里にとっては一大事だったのだろう。由香里は確か、もともとアイドル志望だった。アイドルの道で芽が出ず、麻雀界にやってきた。麻雀を飛び道具にして、グラビアアイドルとして再起するつもりだったのだろう。それを潰されて、怒っている。分からなくもない。だが、個人的な恨みを超えた嫌悪を塔子に向けているようにも感じる。

「電灯に群がる蛾って……」小さく漏らした。

麻雀しか、光を知らない。だから、それにすがるしかない。由香里みたいに、他のこともできる人が、塔子の世界を荒らしに来ているのだ。

由香里に負けるわけにはいかない。麻雀だけは、負けられない。

塔子は両手で頬を叩くと、深呼吸を一つ挟んで、席に戻った。

## 4

席に着くと、仕切り直しと言わんばかりに、吾郎がパァンと手を叩いた。

「さっ、残り時間を考えますと、あと三ゲームほどですかな」

吾郎は卓を見渡した。

「皆さん、当たり前ですが、アタリ牌が出たら出アガる。ツモも同様。正々堂々行きましょうや」

小手森たちを牽制《けんせい》する趣旨なのだろうか。塔子には吾郎の意図がつかめなかった。特にサインもない。

下手な証拠を残さないために、接待前や接待中に吾郎とメールのやり取りはしないようにしている。今回は由香里によるインタビューがあったから、接待当日の塔子の予定は事前に押さえられていた。通常はどの接待者が接待にあたるかも、直前に決まる。接待の日時や場所もテキストデータに残すことはない。すべて口頭連絡だ。

隙を見て、吾郎と話して状況を確かめなければならない。

小手森は薄笑いを浮かべて、塔子の顔を舐めるように見ている。由香里が涼しい顔をしているのもしゃくに障る。

吾郎の親番、サイコロの出目は五。

配牌を終えたところで、吾郎が朗らかな声で、

「ツモ。天和《テンホー》です」

と言った。

塔子は驚いて、目を見開いた。

相手を勝たせるのが接待麻雀だ。吾郎が大きな手をアガってどうする。

「こりゃあ、私にも運が巡ってきたようですな」

吾郎は照れたように笑っている。

天和というのは、最初の配牌だけで、過不足なくアガっている役満、最高役だ。先に出た地和以上に珍しく、実戦で見られることはほぼない。このタイミングのこのアガリ。当然、積み込みによるものだろう。

積み込みで天和を出す場合、卓の内外に協力者がいることが多い。

もっとも、一人で天和をアガる方法もある。

目の前の山から取ってくる配牌は、山を積むときに仕組める。問題は、吾郎から向かって左側、由香里の山から取ってくる牌だ。自分で積むわけではないから、積み込みができない。そこで、由香里の山から取ってきた牌は、自分の前にある王牌《ワンパイ》にくっつけて、仕込んであった牌とすり替える。

「ガッチンコ」と呼ばれる技術だ。

吾郎なら、誰にも気付かれることなく、やってのけるだろう。

もう一度、吾郎の親番だ。

塔子は吾郎の手元を注視した。普通なら気付かない動きも、意識して見ていれば、追うことができる。

やはり、やっていた。間違いなくやっている。

積み込み、そしてガッチンコだ。

「おや、なんと」

吾郎は眉尻を下げた。

「こりゃあ、帰り道に気を付けたほうがいいかもしれませんな」

そう言って、手牌を倒した。

「また天和です」

大きい手が二回出たことで、吾郎以外の三人の持ち点がすっかりなくなった。この時点で、第五ゲームは即時終了だ。

由香里は無表情のままだ。

一方、小手森は、満足そうにしきりにうなずいている。

塔子は困惑した。接待麻雀というと、わざと負けて、相手にお金を渡すものだ。それ以外の動きは行ったことがない。だが小手森は、吾郎に負けて嬉しそうだ。

由香里が接待の邪魔をするのは分かる。塔子を恨んでいるのだろう。だが、小手森の思惑は読み切れない。

第六ゲームの配牌を取りながら、塔子は思い切って、吾郎に声をかけた。

「吾郎さん、急に勝負に来ましたねえ」

吾郎は、さも不思議そうに目を丸くした。

「麻雀なんだから、勝ちを目指して当然だろう」

そう言いながら、吾郎は頭をかいた。

頭をかくのは、「逃げろ」のサインである。接待麻雀でいう「逃げ」とは、自分たちが勝って、被接待者の勝ち分を減らすことだ。

吾郎はそのあとも好調な戦いを見せて、どんどん得点を積んだ。

理由は分からない。吾郎は勝ちに行くことにしたようだ。少なくとも、勝ちに行くというメッセージを、塔子に対して発している。

勤め先の日本電信電話社からの指令は、

『小手森を七百五十万円ぶん勝たせること』

だった。

吾郎の発するメッセージに従うと、会社の命令に背くことになる。

静かな個室の中で、タオルウォーマーがコトコトコト、と鳴った。加熱を始める音だ。何かのカウントダウンのようにも聞こえた。

その音が止む頃には、塔子の決意は固まっていた。

塔子は不得要領のまま、無理に納得した。吾郎が勝ちを目指すなら、塔子も勝ちを目指そう。悩む必要もない、シンプルな答えだ。

「どうしたんですか、塔子さん」

由香里から声がかかった。

「また鼻血ですか」

由香里の口元がうっすらと笑っている。頬のあたりが小さく引きつっていた。本人なりに表情を隠そうとしているようだ。

塔子は由香里を無視して、打牌を続けた。

勝つ、勝つ、勝つ。麻雀で勝つ。

顔も、スタイルも、愛想も、由香里には負ける。それは仕方ない。

麻雀だけは、何があっても勝ちたい。

塔子は卓上を見つめた。意識がすうっと、卓に吸い取られるように落ちていく。視界が狭まり、卓の外の騒音は気にならない。

既にすべての牌姿を覚えている。どの牌がどこにあるか、正確に分かる。勝つのは簡単だ。

「ロン、五千二百点」

「ロン、八千点」

「ツモ、三千、六千」

塔子は次々とアガった。吾郎からは得点しないように気を付けている。吾郎も着実に点数を稼いでいた。

第六ゲームは塔子がトップで、吾郎が二着、小手森が三着、由香里が四着だった。

そして第七ゲームも同じ順位で終局した。

「いやあ、今日は稼がせてもらいましたなあ」

吾郎がおしぼりで顔を拭きながら言った。

「帰り道に、気を付けないとなあ」


塔子は七ゲーム分の戦績を素早く取りまとめ、複写式の用紙に記入した。一枚目を切り離して、小手森に渡す。正確に記録を残して保管しておくことで、警察や税務署に詮索されずに済む。

塔子と吾郎の勝ち金は、合計で五百五十万円になった。一時は六百万円ほどまで勝ち金が膨らんだが、後半に吾郎が失速して、そこそこの勝ちに落ち着いた。

「ええっ、私、そんなに払えない」

由香里がわざとらしく小手森に寄り掛かった。

小手森は、にやにやと笑いながら、

「いいんだよ。いつも色々と払ってもらっているから、今回の負け分と相殺しよう」

と言う。

アタッシュケースを一つ、ポンと差し出した。大学ノートくらいの、小型のものだ。

アタッシュケースを受け取って、吾郎が中を検めた。

脇からのぞきこむと、札束がぎっしり入っている。

塔子は驚いた。通常、勝ち金は銀行振り込みで支払われる。現金で渡してしまうと、いくら渡したのか疑義が生じて、警察や税務署に怪しまれかねないからだ。

「はい、五百五十万円ぴったりあります」

そう言って、吾郎はアタッシュケースを閉じた。

時刻は午前零時を回ったところだ。

特に話すこともなく、散会となった。

由香里は小手森の腕にぶら下がるようにしながら、部屋を出て行った。去り際、塔子のほうを振り返って、勝ち誇ったように笑った。

塔子は腹が立った。何で笑っているんだ。麻雀では塔子が勝った。それなのに由香里は笑っている。たとえ麻雀で負けても、負け額を払ってくれるパパがいることを誇りたいのだろうか。

五分ほど時間をおいてから、吾郎とともに雀荘を出た。

周囲を見回して、吾郎がぼそりと口を開いた。

「小手森には、国税が張り付いているようだ」

「国税？」

「ああ。あの店も、盗聴されていたかもしれない。だからあくまで、真剣勝負という体《てい》だったし、小手森も何も言わなかったが」

「どうして国税だって分かるんですか？」

吾郎が肩をすくめた。

「同業者、他の接待麻雀士から聞いたんだよ。小手森は接待麻雀を通じて、現金を色んな会社にバラまいているらしい。一旦資産を隠しておいて、折を見て再度受け取るつもりなのだろう。何も言われなかったから、今日の前半は俺も普通に接待麻雀をしていた。が、小手森たちの様子、おかしかっただろ」

塔子はうなずいた。

「それで、由香里は接待を邪魔するようなことばかり、していたのですね」

塔子を逆恨みした由香里の嫌がらせだと思っていたが、違ったようだ。

吾郎は、現金の入ったアタッシュケースを塔子の前に突き出した。

「これ、会社に持って行って、金庫に入れておいてくれ。俺は直帰するから」

「分かりました」

塔子はアタッシュケースを受け取って、大通りまで歩いた。吾郎もついてくる。

タクシーを止めたとき、吾郎が後ろから急に、

「おい、お前」

と声をかけた。

塔子が振り返ると、吾郎はうつむいた。長い前髪が一筋、吾郎の浅黒い額にかかった。月明かりで、彫りの深い目元に暗い影ができている。吾郎はすねた子供のように口をすぼめて、ポケットに両手を突っ込んだ。

「お前が誠実に真剣に麻雀をしているのは分かる。腕も相当なものだし、すごいと思う。けどさ、もっと卓の外のことを見ろよ」

「えっ？　どういうことですか？」

「いや、まあ、さ」

吾郎は一度口を開いたが、言いよどんだ。

顔を上げて、今度は塔子の目をまっすぐ見て言った。

「本当の接待は、卓の外にある。と、いうか、何というか」

言い終わると、すぐに視線を外し、乱暴に頭をかいた。

吾郎の大きすぎるシャツが夜風に揺れた。

「今日の接待だってさ、勝ちに行かなきゃって決めたの、結構遅かっただろ。あのままお前が負ける方向で続けていたら、どうなっていたか」

「すみません……」

塔子は頭を下げた。

「いや、謝る必要はないんだけど」

確かに対応を変えるのは遅かったかもしれない。しかし、吾郎の動きもどこかチグハグしていて、メッセージを受け取りきれなかった。それに吾郎の腕があれば、塔子の動きは無視して一人でも勝ち切ることはできただろう。

「もし、私が負ける方向で打ち続けていたら、どうしました？」

「うーん、それはなあ、俺も考えていたんだけどなあ」

歯切れの悪い調子で続ける。

「もしだ、もし。お前が負ける方向を選んで、俺を押し切って、負け切ったなら、それはそれで良しとしようと思っていた。お前の勝ちだ。でも、お前はそうしなかった。自分で考えろ。人の言いなりになるな。卓の外を見ろ」

止めたタクシーの運転手が、怪訝そうな顔で塔子たちを見ている。

「お客さん、乗りますか」

運転手が、ぶっきらぼうに言った。

「さあ、先に行きな」

吾郎は手の動きで乗車を促した。

塔子は一礼して、タクシーに乗り込む。

「気を付けて帰りな。達者でな」

吾郎は背を丸めて、再び両手をポケットに突っ込んだ。どこか物悲しそうな風情だ。しょげているようにも見える。

ドアがパタンと閉まり、タクシーは走り出した。

振動に揺られながら、吾郎の様子を思い出していた。悲しむような、すねているような。大事なものを取り上げられたときの子供の顔のようだった。大きすぎるシャツを揺らしながら、頭をかく吾郎。

不出来な弟子と思われただろうか。吾郎を失望させてしまったかもしれない。

——自分で考えろ。人の言いなりになるな。卓の外を見ろ。

「本当の接待は、卓の外にある、か」

塔子は口の中でつぶやいた。

どの時点で、どうすれば良かったのだろう。塔子には分からなかった。麻雀のルール、会社のルール、上司のルールで生きてきた。自分で考える必要なんてなかった。考えないようにしていたのかもしれない。考え始めると、しんどいから。

答えが出ないうちに、会社に着いた。

タクシーを降りて、アタッシュケースを小脇に抱えて歩き出す。夜間通用口は社屋の裏側にある。と、そのとき、急にまぶしい光に包まれた。

数筋の強い光の矢が走り、視界がもうろうとした。

塔子は身を硬くして、周囲を見回した。目を細めると、数本の懐中電灯がこちらに向いているのが分かった。

「三田村《みたむら》塔子さんですね」

紺色の制服を着た警察官二人と、スーツ姿の男三人が近寄ってきた。五人は速やかに塔子を取り囲んだ。

スーツ姿の男一人が、警察手帳を開いて掲げる。

「荷物を調べさせてください」

「荷物って？」

　上ずった声が出た。

「そのアタッシュケースです」

　警察官が、塔子の小脇のアタッシュケースを指さした。

「何が入っているんですか？」

「何って、何でそんなこと訊くんですか」

「まあ、いいから、見せてください」

　警察官がアタッシュケースに手を伸ばした。

　見られてまずいものではない。適法な賭け麻雀で得たお金だ。

　しかし何が何だか、状況が飲み込めなかった。

「理由を教えてください。何を調べているんですか」

　警察官同士、顔を見合わせた。そのうちの一人が、

「妙な通報があったんです」

　と口を開いた。

「今朝がた、銀行強盗があったでしょ。現金五百五十万円が裏口で盗《と》られたというやつ。その現金を、この時間にここに来る三田村塔子さんが持っているって」

「銀行強盗？」

　二の句が継げなかった。

確か、暗牌の際に流れていたテレビで、取り上げられていた。現金五百五十万円が盗まれた。そして、塔子がいま手にしている現金は五百五十万円。

はめられた。

血の気が引くのを感じた。

そもそも、負け額が五百五十万円になるなんて、本来は予測できない。負け額ぴったりの現金をアタッシュケースに詰めて、小手森が持ってきているのはおかしい。

吾郎もグルだ。塔子に現金五百五十万円を持ち帰らせるよう、仕組んだのだ。途中、六百万円ほど勝っていたが、吾郎のペースが落ちて最終的に勝ち金は五百五十万円に落ち着いた。吾郎が勝ち金額を調整していたのだ。

小手森と由香里、吾郎の三人がグルになって、塔子をはめた。

銀行から盗られた金の記番号と、アタッシュケース内の金の記番号は一致するだろう。そして、接待麻雀の話をしたところで、他の三人は「そんなものはなかった」と口を揃えるにちがいない。

なるほど、思い返せば、今日だけは取材の際に会社の広報担当者が同席していなかった。口裏合わせをする人間はなるべく減らしたかったのだろう。

すべてがつながった。

手の震えを抑えながら、アタッシュケースをしっかり握った。

次の瞬間、勢いよく放り投げた。

ガンッ、と大きな音を立てて、数メートル先にアタッシュケースが転がる。

警察官たちの視線がアタッシュケースのほうへ流れた。

そのときには、塔子は走り出していた。

警察官の脇をすり抜け、アスファルトを勢いよく蹴りだした。

逃げろ、逃げろ。進め、進め。

そうやって念じておかないと、足が止まってしまいそうだ。

塔子は足を回し続けた。息が上がってきた。後方からは、バタバタという駆け足の音が遠く聞こえる。警察官たちが、追ってきているのだろう。

走りながら、吾郎の言葉を思い出した。

――本当の接待は、卓の外にある。

そうだ、そういうことか。

由香里は塔子を恨んでいた。恨みだけではない。塔子のことを見下し、嫌悪していた。羽虫を潰して捨てるように、塔子のことを消し去りたかったのだろう。塔子を破滅させるよう、愛人の小手森に頼み込んだ。

小手森は、由香里の歓心を買うために、塔子を罠にかけた。一連の計画に協力することが、日本電信雷話社から小手森への真の「接待」だったのだ。

日本電信雷話社は、社の利益のために一介の接待麻雀士である塔子を切り捨てることにした。そしてその実行を、上司の吾郎に命じた。

吾郎にとっては、会社の命令で、三年育てた弟子を破滅させることになる。

吾郎は悲しそうな顔をしていた。

小手森に国税が張り付いているというのは、塔子に現金を運ばせるための作り話だったのだろう。

――もしだ、もし。お前が負ける方向を選んで、俺を押し切って、負け切ったなら、それはそれで良しとしようと思っていた。お前の勝ちだ。

塔子がカラクリに気付いて負け切って、現金を受け取らなかったなら、それはそれで良し。自分の接待は失敗でいい。そう割り切っていたのだろう。

――でも、お前はそうしなかった。自分で考えろ。人の言いなりになるな。卓の外を見ろ。

むしろ吾郎は、塔子を逃がそうとしていた。だから別れ際に引き留めてまで、塔子に声をかけた。吾郎の大きすぎるシャツが風に揺れていた。吾郎は頭をかいていた。頭をかくのは、「逃げろ」のサイン。

自分は何も分かっていなかった。麻雀以外、何も見ていなかったから。

走りながら、涙があふれて目の前が霞んだ。

まばらに行き交う人々が、怪訝そうに塔子のほうを振り返る。

どのくらい走ったのだろう。たどり着いた駅前の繁華街は、雑多なきらびやかさに満ちていた。上下左右、あらゆるところから、怪しげな看板が飛び出ている。

塔子は足を止めて、顔を上げた。

無数のネオンが浮かんでいた。涙でぼやけた視界の中では、蛍の光か、あるいは人魂《ひとだま》のようにも見えた。

世界がこんなに、得体のしれない光で満ちているなんて、知らなかった。塔子の光はただ一つ、麻雀だけだった。カラオケ、スナック、居酒屋、キャバクラ、風俗……ネオンに浮かぶ文字が頭の中に雪崩のように入り込んでくる。人の欲望の生々しさに当てられて、眩暈がした。

視線を落とすと、目の前の小料理屋の古びた看板に、一匹の蛾が突進していった。看板の割れ目から中に入り込み、蛍光灯の周りを飛んでいる。看板から出られなくなって、そのうち死に絶えるのだろう。あるいは、奇跡的に逃れることも可能だろうか。

背後に迫る足音を聞きながら、祈るような気持ちで、蛾を見つめていた。

じりりり、と羽音が大きくなった。次の瞬間、看板の割れ目から蛾が飛び出した。塔子は息をのんだ。ふと我に返り、弾けるように走り出す。

逃げろ。吾郎の声を、背に聞いた気がした。

参考文献

池上俊一著『動物裁判　西欧中世・正義のコスモス』（講談社現代新書、一九九〇）
枝廣淳子著『アニマルウェルフェアとは何か　倫理的消費と食の安全』（岩波ブックレット、二〇一八）
伊勢田哲治著『動物からの倫理学入門』（名古屋大学出版会、二〇〇八）
田上孝一著『はじめての動物倫理学』（集英社新書、二〇二一）
レジナルド・ライト・コッフマン著、窪田優訳
『実録・密造酒ビジネス　THE REAL STORY OF A BOOTLEGGER.』（アメージング出版、二〇二一）
山本洋子著『ゼロから分かる！　図解日本酒入門』（世界文化社、二〇一八）
農文協編『農家が教える　どぶろくのつくり方　ワイン　ビール　焼酎　麹・酵母つくりも』
（一般社団法人農山漁村文化協会、二〇〇七）
加藤直人著『メタバース　さよならアトムの時代』（集英社、二〇二二）
南極OB会　編集委員会編『改訂増補　南極読本　ペンギン、海氷、オーロラ、隕石、南極観測のすべてが分かる』
（成山堂書店、二〇一九）
山田恭平著『南極で心臓の音は聞こえるか　生還の保証なし、南極観測隊』（光文社新書、二〇二〇）
横田増生著『潜入ルポamazon帝国』（小学館、二〇一九）
ジェームズ・ブラッドワース著、濱野大道訳
『アマゾンの倉庫で絶望し、ウーバーの車で発狂した　潜入・最低賃金労働の現場』（光文社、二〇一九）
高木久史著『通貨の日本史　無文銀銭、富本銭から電子マネーまで』（中公新書、二〇一六）
大塚仁ほか編『大コンメンタール刑法　第三版　第9巻〔第174条～第192条〕』（青林書院、二〇一三）
小島武夫著『プロ麻雀入門　華麗なるイカサマとその防止法』（新評社、一九七二）

初出「小説すばる」

動物裁判　2021年12月号
自家醸造の女　2022年4月号
シレーナの大冒険　2022年8月号
健康なまま死んでくれ　2022年6月号
最後のYUKICHI　2022年10月号
接待麻雀士　2021年9月号

装丁　川名潤

新川帆立
（しんかわ・ほたて）

1991年生まれ。アメリカ合衆国テキサス州ダラス出身、宮崎県宮崎市育ち。東京大学法学部卒業後、弁護士として勤務。第19回『このミステリーがすごい！』大賞を受賞し、2021年に『元彼の遺言状』でデビュー。他の著書に『剣持麗子のワンナイト推理』『競争の番人』『先祖探偵』などがある。

令和《れいわ》その他《た》のレイワにおける
健全《けんぜん》な反逆《はんぎやく》に関《かん》する架《か》空《くう》六法《ろつぽう》

2023年１月30日　第１刷発行

著者　新川《しんかわ》帆立《ほたて》

発行者　樋口尚也

発行所　株式会社集英社
〒101-8050　東京都千代田区一ツ橋2-5-10
電話　03-3230-6100（編集部）
03-3230-6080（読者係）
03-3230-6393（販売部）書店専用

印刷所　凸版印刷株式会社
製本所　株式会社ブックアート




ISBN978-4-08-771821-8　C0093
JASRAC 出 2209345-201
定価はカバーに表示してあります。